www.tredition.de

AF177004

Werner Piecha

Wie sich die Zeiten ändern

Lebenslinien

www.tredition.de

© 2020 Werner Piecha

Lektorat, Korrektorat: Johanna Ellsworth

Verlag und Druck:
tredition GmbH, Halenreie 40-44, 22359 Hamburg

ISBN
Paperback: 978-3-347-15249-6

Inhalt

Zu Besuch bei Minchen Gerlach

„Auch heute noch nehme ich die Glück-
wünsche zu meinem Neunzigsten entgegen. Oh, was für ein herrlicher Strauß! Aber
jetzt gibt's erst mal einen guten Kaffee.
Keine Blümchenlurke. Einen aus den guten
Sammeltassen. In der guten Stube." So diri-
giert sie dich und mich. „Nehmt Platz und
lasst euch den Streuselkuchen – mit guter
Butter gebacken – schmecken. Greift zu!"

Bei Minchen ist alles von guter Qualität, soll
alles gut sein. Woher kommt das? Ihre Familie war nicht üppig mit nötigem Kleingeld gesegnet, und als Kind fasste sie daher
den Entschluss: „Nicht mit mir."

Die gute Stube, in der wir sitzen, wird von
einem hohen gusseisernen Ofen geheizt.
Daneben ist Holz gestapelt. „Gutes Holz,
Eiche. Das wärmt besonders gut und hält
länger als Birke. Wir wollen uns doch nicht
den Allerwertesten abfrieren, oder?" Mit
dieser kräftigen Aussage wird's noch
wohnlicher. Uns ahnt, da kommt noch
mehr! „Gebt mir mal das Fotoalbum; es
liegt da drüben auf dem Vertiko. Ihr wollt

doch sicher wissen, wie es mit mir bisher gelaufen ist, oder?"

Minchen blättert die Fotoseiten, getrennt durch Seidenpapier, um und breitet so ihr festgehaltenes Bilderleben vor uns aus. Zu jedem Foto hat sie eine Geschichte parat.

„Das bin ich, auf dem Fell. Vier bis fünf Monate alt. Hier auf dem Ziegenfell. Naja, ihr braucht nicht zu kichern – das waren arme Zeiten für meine Eltern. Und Fell sollte es schon sein! Fell ist Fell, haben sie immer gesagt.

Und hier, das war beim Kolonialwarenhändler Selmar Heideck. Das Foto hat sein Sohn gemacht, der Franz, so'n Milchbart. Der wollte mir mal den Hof machen. Denkste, habe ich ihm gesagt. Putz dir die Nase, und außerdem bist du hinter den Ohren nicht nur grün, sondern auch noch blitzeblau … Da, auf dem Mehlsack – oder war es ein Zuckersack? – da sitze ich. Meine Mutter steht an der Ladentheke, und die beiden unterhalten sich über irgendwas, über ‚das Heft aus der Hand nehmen lassen' und so. Also, da hab ich mich eingemischt und lauthals meine Meinung vertreten, dass mir ja keiner mein Heft mit den

Märchen wegnimmt. Warum die beiden so gelacht haben, habe ich erst später verstanden. Herr Heideck hat mir des Öfteren, wenn er vor seinem Laden stand, zugerufen: ‚Minchen, dein Heft kannste behalten‘, und ich habe mir gedacht, ‚Und du kannst den Schnabel halten.‘ Wann das Bild entstanden ist? So um 1922/23, kurz nach dem ersten Weltkrieg."

Kaffeeduft, würziger Geruch der Eichenholzscheite, knisterndes Feuer im Ofen, wohlige Wärme, gefüllte Schnapsgläser mit 24%igem Eierlikör, all das ist der Rahmen, der Geschichte aufleben lässt.

Die Geschichte von Minna Gerlach. Geboren 1914. Vater Schuster, Mutter trug mit dem Waschen der Wäsche anderer Leute zum Wirtschaftsgeld bei. Arm war die Familie, aber reich an Liebe zu ihrem einzigen Kind. Pfiffig und ein Wirbelwind unter den anderen Kindern, so war sie, das Minchen. Die Schulzeit, Klassen 1–8, schaffte sie mühelos. Krankenschwester wollte sie werden, das war ihr Ziel, sie wollte den Bedürftigen helfen. In praktischen Dingen konnte ihr sowieso keiner was vormachen. Das Nähen wurde zur Leidenschaft. Schnittbogenmuster konnte sie lesen, und Stoffschnitte umfahren, als hätte sie ein Navi, wie man heute sagen würde.

„Das Bild hier, das könnte um 30/31 entstanden sein. Die Tanzgruppe der ‚Verrückten Hühner‘. Mein Gott, war das ein Spaß! Wir waren vierzehn Mädels, wie ihr sehen könnt, und wir hatten den Tanz der verrückten Hühner zum Faschingsauftritt einstudiert. Wir gackerten und flatterten über die Bühne, drehten uns im Kreis, um als Nest wieder zusammenfinden, und lösten uns dann wieder auf mit einem Ei in der Hand. Das war ein Getrampel und Gejohle, aber das Schönste war: Wir schmissen die aus Wolle gefertigten Eier ins rasende Publikum – nur eins war echt. Das klatschte zielgenau auf dem Tisch des Bürgermeisters auf. Ihr könnt euch ja vorstellen, was da los war. Wer das geworfen hatte, blieb unklar.“

Minchen nippt an ihrem Glas, schmunzelt und schlägt mit einem „Nun ja“ die nächste Albumseite auf. Sie strafft die Schultern, und ihr Gesicht nimmt einen eigenartigen Ausdruck an. Wer ist da zu sehen?

Ein sportlicher Mann in Badehose lächelt uns Betrachter an. „Das ist Paul. Mein Verlobter. Unser Badesommer an der Ostsee 1940. Wir hatten uns unsere gemeinsame Zukunft ausgemalt. Ein kleines Häuschen mit Garten und einer Schaukel am Apfelbaum für das, was da noch kommen sollte ... Paul, der gelernte Zimmermann, ich als Krankenschwester, das wär was geworden."

Minchen verstummt und kämpft mit einer Träne. „Im Herbst des gleichen Jahres wurde er eingezogen und im Frühjahr 41 bekam ich die Nachricht ‚Für Volk und Vaterland gefallen, vom Feind hinterrücks erschossen. Heil Hitler.' Ausgestellt vom Bürgermeister. Paul war die Liebe meines Lebens. Man sagt, die Zeit heilt alle Wunden. Mag sein. Bei mir jedenfalls ist die Wunde nur oberflächlich verheilt. Wenn das Lied ‚Es steht ein Soldat am Wolgastrand' aus der Operette *Der Zarewitsch* von Franz Lehar erklingt – mein Verlobter und ich hörten die Operette zu gerne – macht es mich tieftraurig, bringt es doch die Sinnlosigkeit eines jeden Krieges zum Ausdruck, und als die NS-Propaganda es dann für sich instrumentalisierte, warnte Paul – aber lassen wir das. Über die Zeit des Krieges möchte ich nicht viel erzählen, zu viel habe ich im Lazarett gesehen, erlebt, durchlebt, ich konnte nicht immer helfen, die Schreie, die vielen Toten … Auch Franz, der Sohn vom Kolonialwarenhändler, der als letztes Aufgebot dem Führer seine Beine schenkte, starb im Lazarett, in meinem Beisein. Habe hautnah erlebt, was der Mensch dem Menschen antut."

Minchen nippt erneut am Glas. Eine Pause entsteht.

„So, dieses Bild zeigt – wie alt bin ich da eigentlich? Ich glaube, so Anfang vierzig? Ja, da war ich Mitglied im Kirchenchor. Ich sang und singe für mein Leben gern. Nicht, dass ihr denkt, wie langweilig – Kirchenchor, nein, auch Schlager aus der damaligen Zeit hörte ich gern. Tanzen bin ich auch gegangen und Verehrer hatte ich viele, doch Paul, den gab es nur einmal. Geheiratet habe ich nie. Ob ich was vermisst habe, kann ich nicht sagen. Ich habe mir mein Leben so eingerichtet nach meinen Vorstellungen, und Paul wohnte mit. Wie ihr ja seht, nicht schlecht, oder? Soll ich am Klavier zur Unterhaltung was Besonderes spielen? Was für ein Lied? Wenn bei Capri die Sonne im Meer versinkt. Aber Kinder, nein, was Flottes! Wie wär's mit Boogie Woogie, oder was ich gerne spiele: die ‚Moldau' von Smetana?

Da hört ihr, wie aus der Quelle sich ein Strom speist, wird schnell und schneller, wild reißend, keine Stromschnelle auslassend und wieder langsamer, einfühlsamer, ruhiger in ihrem Flussbett, bis sie sich mit ihrer Schwester, der Elbe, vereint, um gemeinsam ins große Meer, die Nordsee, zu fließen. Die Moldau ist wie das Leben. Mein Leben. Ich bin nun im ruhigen Fahrwasser angelangt."

Etwas gebeugt begibt sich Minchen zum Klavier, ihrem ganzen Stolz, wie sie sagt. Volle, leise, einschmeichelnde Töne entlockt sie den schwarzen und weißen Tasten. Leise raunen wir uns zu, dass sie in ihrem Leben Trabant gefahren sein muss. Wie sie die Pedale drückt... Der letzte Ton ist verklungen – Respekt für solche Darbietung. Darauf ein volles Glas Eierlikör für uns und der Inhalt eines Fingerhuts für Minchen.

Ohne zu zittern gelingt es ihr, die Gläser zu füllen. Graublaue Augen prüfen Inhalt auf

Genauigkeit, unterstützt von einem umge-
schlungenen Tuch im gedeckten Blauton.
Bei Minchen selbstverständlich abgestimmt
mit einem wärmenden erdfarbenen Pullo-
ver und dunkelblauer Hose, deren Hosen-
beine über schwarzen Lackschuhen ein
Ende finden. Graue Haare, locker am Hin-
terkopf gesteckt, umrahmen ihr Gesicht mit
den eingekerbten Spuren der gelebten
Jahre. „Habe ich euch schon das Bild mit unserem Pfarrer Muth gezeigt? Hier ist es. Der
Pfarrer, das ist der in der Mitte, und
ringsum sind die Chormitglieder aufge-
reiht. Das Bild entstand so um 56/57
herum, vor dem gemeinsamen ausgiebigen
Frühstück. Der Ausflug führte nach Pfings-
ten in den Spreewald. Jeder trug was zum
Gelingen bei. Wurst, Salate, Kuchen, Eier
und selbst aufgesetzten Johannisbeer-
schnaps und Rumbowle. Mein lieber
Scholli! Das Zeug hatte es in sich. Unser
Pfarrer war sich anscheinend der Wirkung
nicht bewusst und wollte unbedingt mit jedem und jeder auf das Wohl des Herrn anstoßen. Und so manövrierte er sich in eine
fast aussichtslose Lage und predigte das
Blaue vom Himmel. ‚Ich bin das A und O,
spricht der Herr, Alpha und Omega,

Anfang und Ende, wir feiern erst das A – den Anfang –, das O, das Ende kann noch warten. Prost!"

Minchen erzählt unter Lachtränen: „Später hat er sogar behauptet, Jesus sei Kommunist gewesen und am Kreuz erschossen worden. Spätestens da wurde er bis zu seiner Abfahrt ruhiggestellt. Unter einem alten Heuschober schlief er selig, und mit ihm der innerlich verbundene Herr. Das A und O wurde sein Markenzeichen."

Ein loses Foto rutscht aus den Seiten heraus. Mit einem „Hoppla, bleib hier!" fängt Minchen es auf. Auf dem Bild ist nicht viel zu sehen: ein zweistöckiges Haus – eher eine Ruine – und daneben steht eine Handwasserpumpe. „Hier haben wir Trinkwasser gepumpt; die ganze Umgebung holte sich mit Kannen, Eimern, zerbeulten Stahlhelmen das kostbare Nass. Fast alle Wasserleitungen waren nach dem Krieg beschädigt, wisst ihr. Ich liebe das Foto deswegen so sehr, weil mir an dieser Stelle die Zukunft gedeutet wurde. Eine Frau las mir aus der Hand und sagte mir wild gestikulierend eine rosige Zukunft voraus", schmunzelte Minna. „Was hat sie noch gleich gesagt? Ach ja, im besten Wasserpolnisch hat sie mir geweissagt: ‚Gibb Hand. Ich daraus lesen. Jesses, nein Frau, was Sie noch erleben wird nicht! Lange Sie noch Kartoffeln schälen müssen. Für Platzki oder – wie Deitsche sagen – Kartoffelpuffer. Fleisch, na ja, wird geben wenig. Ab und an. Schneller kommt Fleisch auf Teller, wenn von reichen Bauer Huhn Kopf ab in Scheune. Rüben von Acker und Kartoffeln aus Keller holen. Englisch einkaufen. Zapp zerapp. Kein Diebstahl! Nott! Fammille muß lebben. Du verstehn? Mein Gottchen, Sie noch lange lebben. Diese Handlinne lang, sagt langes Lebben, sagt alt werden. Man Sie erschlagen müssen mit Hacke von Kartoffel –‘ Minchen gluckst und meint trocken: „Bis hierher hat alles gestimmt, aber Hacke von Kartoffel – nein, das hoffe ich doch nicht!"

Sie tippt auf ein anderes Foto. „Da staunt ihr, was? Mein P70, der Vorläufer vom Trabant. Sehe ich da nicht flott aus? Mit Handschuhen, Hut und Kleid? Eierschalenfarben war der Flitzer, schade, dass das Foto nicht in Farbe ist. Wenn Paul das sehen könnte ... Als nun mittlerweile Oberschwester der Chirurgie setzte sich mein ehemaliger Chef dafür ein, dass ich einen Telefonanschluss und eben den P70 bekam. So bin ich einer jahrelangen Wartezeit entgangen, die Begründung war: Als OP-Schwester sollte ich flexibel und ständig erreichbar sein. Ja, so war das damals. Heute undenkbar! Trotzdem hatte ich mich für ein neues Auto angemeldet. Hier, wie ihr seht, habe ich den Abriss der Anmeldung hinter das Foto geklemmt, der 12.7.1956. Nach acht Jahren Wartezeit durfte ich mir die Rennpappe in Zwickau abholen. Den Oberschwesterkittel musste ich jedoch 1965 an den Nagel hängen. Ich wurde angeschwärzt, weil ich die Meinung vertrat, dass der Mauerbau als Einsperrung empfunden wurde, dass es nicht wahr sein könne, keinen grünen Salat zu bekommen, und dass der Staat nicht überall das Recht beugen könne, wie er wolle. Hier ist ein praktisches Beispiel dafür: Er, der Staat, sagt: ‚Da kommt ein Zaun drum herum, und der Bürger wird nicht gefragt. Fertig.' Ich habe den Kittel ein paar Monate später an den Nagel gehängt, und mein ehemaliger Oberarzt sagte mir zum Abschied: ‚Wir konnten da nichts machen.' Ich bin grußlos gegangen."

Sie blättert um. „Im Textil-Konsum – hier seht ihr das Haus Ecke Bahnhofstraße/Karl

Marx-Straße, das Haus gibt es heute nicht mehr, da steht jetzt die Fruchtbörse – habe ich dann als

Modeverkäuferin angefangen. Ich habe den weißen Kittel gegen Rock und Bluse eingetauscht. Die Arbeit kam mir sehr entgegen, da ich mit Stoffen schon immer gern gewerkelt habe. Fast all meine Garderobe nähte ich mir selber. So wie ich auch noch heute mit Neunzig meinen Haushalt stemme. Im Textil-Konsum hatte ich meinen Spaß, wenn die Kunden nach einem Hemd oder BH fragten und mit Anzug oder Kostüm den Laden wieder verließen. Einmal hatte ich eine Kundin, die mäkelte an allem herum. Dies passt nicht, das gefällt nicht, die Farben sind unmöglich, hier gehört ein Gürtel dran – da platzte mir der Kragen, ich holte Papier und Stift, gab es der Unmöglichen und sagte unmissverständlich: ‚Malen Sie sich Ihre Garderobe doch!' Diese Kundin ist heute meine beste Freundin, die Ilse Krüger."

Das Telefon klingelt. Wir hören automatisch mit und erfahren: „Ja, machen wir. Morgen um halb drei. Am Park. Südseite? Ja, wie immer. Mach's gut, Ilse."

Sie wendet sich wieder uns zu. „Wenn man vom Teufel spricht, ist er nicht weit. Das war Ilse. Wir drehen jeden Tag mit unseren feuerroten Rollatoren eine Runde im Park. Wir haben eine Klingel dran machen lassen, zu unserem Spaß und zum Missfallen so mancher Mitbürger. Und Juppi, der Dackel von Ilse, ist auch mit dabei. Er bekommt immer ein Leckerli von mir, sehr zum Ärger von Ilse. Na ja, ist doch wahr, so ein Kerlchen bekommt ja Appetit an der frischen Luft. Wo waren wir stehen geblieben? Ach ja, der Konsum. Es war eine schöne Zeit. Auch untereinander verstanden wir uns alle gut. Zu meinem Berufsende gab es einen Riesenpräsentkorb mit allem, was das Herz begehrt. Gefüllt war er auch – mit Sachen, die es nur unter dem Ladentisch gab. Schinken, F6-Zigaretten, Greußener Salami, Schloß-Dryburg-Sekt, ungarische Weine, tschechische Oblaten und vieles mehr. Die größte Überraschung erhielt ich aber in einem Briefumschlag. Ratet mal, was drin war? Da kommt ihr nie drauf! Hundert Mark! Zum Tanken für den Trabi! Damit du an die Ostsee hin und zurück kommst, meinten sie. War doch toll, oder?

Den Trabi habe ich später gegen einen recht gut erhaltenen VW, Baujahr '91, eingetauscht. Lange hatte mich mein Trabant begleitet. Dem neuen Gefährt habe ich beim Kauf zugeflüstert: ‚Enttäusche mich nicht, sonst hast du auf deiner Motorhaube und dem Dach eine Beule!' Er hat mich nicht enttäuscht! Vor vier Jahren habe ich meine Fahrerlaubnis abgegeben. Ich hatte zusehend Schwierigkeiten mit dem Kopfdrehen und anderen Zipperlein. Vermissen, nein, vermissen tu ich nichts. Noch bin ich gut mit dem Rollator unterwegs, spiele Klavier, lese viel und singe auch. Aber nicht mehr in meinem geliebten Kirchenchor. Dort bin ich mit Zweiundachtzig ausgetreten. Meine Stimme war dem Alter geschuldet! Doch, doch, unter dem Strich kann ich sagen: Ich komme noch gut zurecht.

Was habe ich doch nicht alles erlebt? Was für eine lange Zeitreise, von der Weimarer Republik über Nazideutschland, Nachkriegszeit als Trümmerfrau, DDR-Jahre und nun Bundesrepublik. Kindheit und Jugend waren eine glückliche Zeit, hab den Krieg heil überstanden, die DDR mit allen Schwierigkeiten geschultert, der Wiedervereinigung entgegen gefiebert, die Euro-

Währung, auch wenn ich sagen muss, nun ist aber Schluss mit den vielen Währungen. Erst hatte ich die Reichsmark am Hals, dann die Währungsreform, dann die Mark, dann 1968 Mark der DDR, dann 1991 die D-Mark und nun den Euro. Von allen, sage ich euch, war mir die D-Mark am liebsten. Noch ein Likörchen?"

Wir bekommen noch andere Bilder zu sehen: Fotos aus Italien, mit Ilse in Griechenland, und immer wieder Ostseeträume. Aber wir merken, dass unsere Gastgeberin langsam unruhig wird. Es gäbe noch so viel zu erzählen, meint sie. Wir verabschieden uns, sie begleitet uns zur Tür und sagt freudig: „Das ist mir ganz recht, da verpasse ich die nächste Folge der Lindenstraße nicht. Mit Mutter Beimer und Hausmeisterin Else Kling. Bleibt gesund und macht's gut. Bis zum nächsten Mal!"

Gerne wären wir noch geblieben. Die Zeit macht uns, also dir und mir, einen Strich durch die Rechnung. Tief durchatmend halten wir fest: Eine Frau wie viele, aber eine der besonderen Art – Minna Gerlach, genannt das Minchen.

Ilse

Die kann ja sowieso alles. So die Meinung ihrer Mitschüler. Die weiß sogar, dass zwei mal zwei gleich vier ist! Und dass das Jahr zwölf Monate hat und es sogar ein Schaltjahr gibt, was man ja bisher noch nie gehört hat. Geschweige denn, was das bedeutet. Sie weiß, dass die Sonne im Osten aufgeht, immer zwischen den Weiden am Bachverlauf unten im Dorf. Und dass die Sonne hinter den Stallungen des Gutshauses verschwindet. Die kann sogar das Bellen der Nachbarshunde unterscheiden, und das ist immer eine Wette wert. Die Dorfschule mit den Klassen Eins bis Acht zählt neun Schulkinder. Und ein Schulkind davon ist Ilse. Ilse Riem. Der Dorflehrer hält große Stücke auf das wissbegierige Mädchen. Und mit offenem Mund und staunenden großen Augen verfolgen Ursel, Rolf und wie sie alle heißen, Rede und Antwort zwischen Ilse und dem Pädagogen, Spitzname „Eigelbvollbart". Er liebt sein Fünf-Minuten-Ei über alles, und sein Bart liebt es noch mehr.

1919 bringt der Klapperstorch ein Nesthäkchen in die Kate, die am Rande des

Gutshofs des Barons von Meers steht. Hier wohnen die Riems. Mutter und Vater sind beim Baron als Landarbeiter in Brot und Lohn. Ihr Bruder steht nun fragend vor dem schreienden eingewickelten Stoffbündel und erfährt naserümpfend, dass eine Ilse die Familie vergrößert hat. ‚Pöh, ein Mädchen‘, denkt er. ‚Mit Mädchen kann man doch nichts anfangen. Schon gar nicht im Dorfbach Forellen fangen. Und Schmiere kann ein Mädchen sowieso nicht stehen, das kippt ja bei jedem Geräusch um. So wie Gertrud neulich beim Äpfelklauen auf der Obstplantage des Barons. Ein Pächter hat das Knacken der Zweige gehört, und Gertrud ist vor lauter Schreck unter dem Baum umgefallen. Und nun das. Ein Mädchen. Das wird nichts!‘

Ilse liebt ihren Bruder Host. Mit zwei Jahren bereitet es ihr Schwierigkeiten, das R in Horst richtig auszusprechen, und so bleibt Bruder Horst einfach Host. Und das Schöne daran ist: Er reagiert sogar, wenn Ilse ihn ruft! Doch meistens stellt er sich taub. Na, das fehlt gerade noch, Kindermädchen zu spielen!

Und dennoch, Host bringt ihr spielend bei, was seiner Meinung nach wichtig ist. Zum Beispiel Forellen fangen. Und vorlesen muss er ihr, am liebsten auf seinem Schoß, da kann sie verfolgen, wie der Finger von Host Zeile um Zeile die Stelle suchte, wo das Märchen sein gutes Ende findet.

1934 ist die Schulzeit zu Ende. Ilse bekommt vom Eigelbvollbart das Abschlusszeugnis ausgehändigt. Durchweg mit guten bis sehr guten Noten in blauer Tinte. Ilse kann sich nicht erklären, warum der Herr Lehrer ihr mit so komischer Stimme alles Gute wünscht. Hat er das Ei verschluckt? Jedenfalls klebt heute kein Eigelb im Bart. Warum sagt er: „Deutschland verändert sich?" Ist das schlimm? Nun steht Ilse da. Das beste Zeugnis seit langem an dieser Schule, aber was kann sie damit anfangen, wie weiter? Keine Möglichkeit, keine finanzielle Unterstützung für eine Ausbildung auch nur im Ansatz zu finden, woher auch? Hosts Lehre hatte schon genug gekostet. Mittlerweile ist er Zimmermann, und ein Großauftrag sichert für mehrere Wochen sein Einkommen. Er arbeitet in der Stadt. In der Stadt, da wäre sie vielleicht untergekommen, aber mit noch nicht mal sechzehn Lenzen undenkbar! Der Sommerwind trocknet Ilses Tränen.

1918 erkämpften sich die Frauen das Wahlrecht. Sie forderten Rechte ein, die für Männer selbstverständlich waren. Alles schien für Frauen besser zu werden. 1933 wurde dem durch die Machtergreifung Hitlers ein Ende gesetzt. Die NSDAP ist die Partei, die hilft, die Wohlstand mehrt, die Deutschland in eine rosige Zukunft führt, da sind das Geschwafel von Wahlrecht und volkszersetzende Forderungen nicht erwünscht; sie müssen ausgelöscht werden. Deutsche Frauen gehören an den Herd, Frauen sollen Kinder bekommen, alles zum Wohle der Volksgenossenschaft.

Stadt und Land werden gleichgeschaltet.

Die Veränderungen sind auch für Ilse spür- und sichtbar. Zum einen hat sich der Umgangston untereinander verändert, irgendwie militärischer und lauter, wie so'n Drill, zum anderen wird viel Braun getragen, SA-Uniformen werden die Dinger genannt.

Das hilft Ilse im Moment auch nicht weiter. Ihre Lippen sind salzig von den Tränen. Was für einen Rat gab mir Eigelbvollbart doch gleich nochmal? „Ilse, du bist fast sechzehn Jahre alt; ich weiß, dass deine Zukunft nicht hier im Dorf enden muss. Aber du hast keine Hilfe von außen zu erwarten. Ich gebe dir den Rat, auch wenn du mich gleich entgeistert ansehen wirst: geh für runde drei Jahre als Hausmädchen zu den von Meers. Wenn du achtzehn, neunzehn bist, wirst du auf eigenen Füßen stehen. Was die Zukunft bringt, weiß niemand. Ich weiß aber, im Moment ist das genau das Richtige für dich. Mit deinen Eltern und von Meers habe ich gesprochen, dann bist du für das erste versorgt und deine Eltern haben eine Sorge weniger. Glaube mir."

„Du hast doch nicht etwa Höhenangst? Weißt du noch, wie ich dich aufgefangen habe, als du vom Kirschbaum gestürzt bist? Es mussten ja auch immer die Kirschen von ganz oben sein!" sagt Host lachend. „Ich zeige dir, wo ich zurzeit arbeite. Meine Firma hat den Auftrag erhalten, das Dach vom Rathaus zu erneuern. Die Dachbalken sind morsch und müssen ausgetauscht werden. Keine Angst, halte dich am Geländer fest und sieh nicht nach unten. Komm mir Stufe für Stufe nach. So, bis hierher und nicht weiter. Ist das nicht ein herrlicher Blick?"

Ilse konnte es kaum erwarten, von ihrem Bruder abgeholt zu werden. *Du hast doch am Sonntag deinen freien Tag! Ich auch. Ich hole dich vom Bahnhof ab. Bis dann! Host* So steht es im Brief. Ilse ist nun schon ein Jahr in Anstellung bei den Baron von Meers. Die Küchenarbeit macht ihr Spaß, sie lernt dort Gerichte zubereiten, die daheim in der Kate nie auf den Teller kamen. Woher auch? Mit aller Bitterkeit lernt sie das Wohlstandsgefälle am eigenen Leib kennen. Umso erfrischender der Brief.

„Oh, das sieht alles sooo schön aus. Host, du hast Recht, hier oben muss man schwindelfrei sein. Und die vielen roten Fahnen überall, es sind ja mehr Fahnen als Haustüren! Und wie die flattern – man könnte fast denken, dass Blut durch die Straßen fließt, so wie in unseren Adern."

„Ich denke, da braut sich was zusammen – ein Gewitter", murmelt Host.

„Host, dass ich nicht lache! Weit und breit kein Wölkchen am Himmel!", sagt Ilse. „Ja, ich hoffe, ich irre mich, aber jetzt komm, wir leisten uns einen Eisbecher und du erzählst mir, was zuhause so läuft."

„Also, noch zwei Jahre, dann bin ich fast neunzehn und möchte einen Beruf ergreifen. Technik interessiert mich. Wenn ich höre und sehe, was der Baron für elektrische Geräte hat, dann ist mir klar, wie meine Zukunft aussehen soll. Hilfst du mir dabei? Mutter kränkelt wie immer; den Husten wird sie einfach nicht los. Vater läuft neuerdings nach getaner Arbeit in der Uniform der SA-Leute herum, so wie der Baron. Na, der hat sie ja sowieso immer an, und die Stiefel knarren bei jedem Schritt. Zum Glück habe ich nicht viel mit ihm zu tun. Die meiste Zeit sitzt er über irgendwelchen Akten am Schreibtisch. So wie ich mitbekommen habe, wird in seinem Wald viel Holz geschlagen. Ich hab gehört, dass er einen sicheren Geldregen erwartet. Hast du eine Ahnung, wofür soviel Holz gebraucht wird, Host?"

„Deutschland rüstet auf. Ich denke, wo viel gebaut wird, ist Holz ein gutes

Baumaterial", kommt die ausweichende Antwort, während Host einen verstohlenen Blick über die Schulter wirft und sich vergewissert, dass kein Dritter lauscht. „Und was die Uniform betrifft: Vater bleibt nach wie vor Landarbeiter beim Baron; da können auch zwei Uniformen nicht helfen. Du weißt doch, Fett schwimmt oben. Was mich betrifft: Im Moment bin ich mit meiner Zimmermannsuniform zufrieden. Komm, wir gehen noch ein bisschen bummeln – und ja, ich helfe dir, wenn es soweit ist."

Am 1. September 1939 beginnt der 2. Weltkrieg mit dem deutschen Angriff auf Polen. Ganz Europa wird unterjocht und unterworfen. Leid ohne Ende ist die Folge.

Host hat Wort gehalten! Eine Annonce im *Deutschen Boten* sucht zum Spätsommer 1939 Telefonistinnen im neu erbauten Telefonamt. Hosts Nachricht in das Dorf hat Verlierer und Gewinner zur Folge. Für Ilse ist es der lang ersehnte Wunsch nach einem Beruf, nach Arbeit, die ihr liegt: die

Technik! Für ihre Eltern – der Vater ist sechsundfünfzig, die Mutter vierundfünfzig – bedeutet es eine Umstellung in der Kate am Rande des Gutshofs. Für den Baron bedeutet es eine vertrauenswürdige, umsichtige, fleißige Arbeiterin weniger. Und dann verabschiedet sich Ilse händeschüttelnd vom Eigelbspezialisten. Warum wiederholt er: „Deutschland hat sich verändert; pass auf dich auf, Ilse, pass auf, wem du vertraust!"?

In einer kleinen Mansarde hat Ilse eine Unterkunft bekommen, die Host ihr vermittelt hat: 3. Stock mit Ausblick, Hinterhof und Gartenanteil. Wenigstens ein Apfelbaum und Blumen werden an daheim erinnern.

Die Lehre geht sie mit Eifer an, und es dauert nicht lange, bis sie eine ausgebildete Telefonistin ist.

„Fräulein Riem, alles, was Sie hier hören und erfahren, unterliegt strengster Geheimhaltung. Die Telefonzentrale ist mit Berlin vernetzt – die Bedeutung dürfte Ihnen ja bekannt sein."

Im März 1940 wird Bruder Host zur Wehrmacht einberufen. Im April bekommt Ilse diese Nachricht von Host: *Dänemark hat sich ergeben, mir geht es gut, alles andere mündlich.*

In der Telefonzentrale laufen die Drähte heiß. „Verbinden Sie mich mit dem Reichsführer, Gauleiter, Major, General, SS-Standartenführer; stellen Sie mich unverzüglich durch, aber dalli!" Solche Anrufe, deren Inhalte auf Vernichtung hinauslaufen, sind an der Tagesordnung. Privatgespräche? Kaum.

Ist das der Beruf, den ich mir erträumt habe? Eine Technik, die zur Vernichtung von Menschen eingesetzt wird? Von Völkern in Europa und Afrika?, fragt sich Ilse. Bin ich aktiv daran beteiligt? Bin ich gar eine Mittäterin? Und was macht mein geliebter Bruder Host gerade? Solche Fragen lassen sie stundenlang wachliegen. Mitgehörte Telefonate setzen sich im Kopf fest, werden zu lebendigen Bildern.

Anfang 1945 stirbt Ilses Mutter an einer verschleppten Lungenentzündung; der Vater folgt ihr drei Monate später „im heldenhaften Kampf gegen den Bolschewismus" im letzten Volkssturmaufgebot. Der Baron und seine Familie setzen sich aus Mitteldeutschland ab. Der Krieg ist vorbei, der sowjetische Befreier gibt den Ton an. Die Telefonzentrale ist trotz Bombardierungen noch halbwegs intakt. Die russische Kommandantur sagt: „Fritz kaputt –Zentrale o-chen khorosho, du rabotay*". Ilse wird verpflichtet, dem Teil in deutscher Sprache, der nach Berlin geht, oberste Priorität einzuräumen. Sie wurde schon mehrmals auf ihre NS-Parteimitgliedschaft „durchleuchtet", doch es fand sich kein Eintrag; sie gilt als sauber. Sauber ist aber nicht das, was zwischen Kommandantur und Berlin elektronisch übermittelt wird. Wieder geht es um Verhaftungen und Vertreibungen. Daher beschließt Ilse, bei der nächsten sich bietenden Gelegenheit zu kündigen und den russischen Vorgesetzten zu überzeugen, dass sie den Aufbau des neu gegründeten Staates an anderer Stelle unterstützen will. Eine Gelegenheit dazu läuft ihr 1949 in Form von Otto Krüger über den Weg. Mittlerweile ist Ilse fast dreißig und sehr selbstbewusst, aber der richtige Mann war bisher noch nicht aufgetaucht – bis, ja, bis zu dem denkwürdigen Tag, an dem ein Fremder auf einem rostigen Drahtesel mit fehlenden Speichen sie in einen Unfall verwickelt. „Gestatten, Krüger, Otto Krüger, fast wäre es um uns geschehen. Das wäre doch schade! Schließlich haben wir den Krieg überlebt – und die kaputten Strümpfe ersetze ich Ihnen selbstverständlich."

„Ich will keine Strümpfe. Mein Mantel hat Schaden erlitten – sehen Sie das Loch hier?", erwidert Ilse.

„Das Loch im Mantel scheint aber schon etwas älter zu sein..."

„Wollen Sie behaupten, ich würde lüge?", zischt Ilse den Mann in der Hoffnung auf einen neuen Mantel an.

Ihr Flehen wird erhört. „Schon gut, kommen Sie, bei einem Malzkaffee und Amerikaner können wir alles besprechen."

Seitdem wird alles gemeinsam besprochen. Ilse hat den Beruf der Telefonistin hinter sich gelassen, und im Sommer 1950 wird aus Fräulein Riem Frau Krüger, mit Stempel und Amtsunterschrift der neu gegründeten DDR auf der Heiratsurkunde beglaubigt. Herr Krüger ist Elektromeister und Inhaber eines Geschäfts für Elektroartikel aller Art. Über dem Laden vor der daran angeschlossenen Reparaturwerkstatt leuchtet in frischen Farben der Namenszug *Elektro-*

Krüger. Mit Wurstpaketen (woher?) wurden die örtlichen Behörden davon überzeugt, dass die Stadt so ein Geschäft braucht, wie sie es auch schon vor dem Krieg brauchte! Schließlich wollte man ja seine Bevölkerung nicht schlechter versorgen als die, die es im anderen Teil Deutschlands augenscheinlich besser machten. Das half. Und so ist aus Ilse eine Geschäftsfrau geworden. Alles, was in den Fünfziger Jahren in der DDR für den Elektrohaushalt gefertigt wird, liegt im Schaufenster aus; Radios, Weihnachtsbaumbeleuchtung, Stehlampen, elektrische Nähmaschinen, Haartrockner, Staubsauger, sogar eine Wellenradwaschmaschine und – fast versteckt – Fotoapparate. Über allem hängt ein Werbeschild, das die Kunden erinnert: *Wir reparieren, wir verlegen E-Leitungen, wir sind für Sie da!*

Wir – das sind drei weitere männliche Mitarbeiter, die meist mit Reparaturen oder im Außendienst beschäftigt sind.

Am 17. Juni 1953 ziehen Arbeitsbrigaden durch die Stadt und kommen auch am Geschäft *Elektro-Krüger* vorbei. Sie fordern mehr Lohn, keine Erhöhung der

Arbeitsnormen, freie Gewerkschaften, freie Wahlen und die Wiedervereinigung. Ilse steht hinter dem Tresen, sieht durch die Schaufensterscheibe und nickt den Demonstranten zu.

Das Geschäft mit Elektroartikeln läuft mäßig: zu wenig Lohn in den Taschen der Käufer! Mit Reparaturen und Hausinstallationen kommt die Firma jedoch gut über die Runden. Auch Ilse und Otto wissen, dass ihre Mitarbeiter nur durch Lohnzuwächse zu halten sind. Der Volksaufstand wird blutig niedergeschlagen und in den Medien des Landes als ein „von außen gesteuerter, konterrevolutionärer Putschversuch" dargestellt.

1955 ist im Westradio ist zu hören, dass deutsche Kriegsgefangene aus sowjetischer Haft entlassen werden. Ist Host vielleicht dabei? Und im gleichen Jahr stellt sich langersehnter Nachwuchs bei den Krügers ein. Zwillinge! Ingrid und Roland. Vater Krüger gibt seinen Gesellen einen Tag frei. Er genehmigt sich eine Flasche Eierlikör, und Ilse bekommt einen schmalen, dezenten goldenen Ring. Ein umgearbeitetes Erbstück mütterlicherseits.

Das Kaufverhalten verändert sich in den folgenden Jahren. Die Krügers spüren die Materialknappheit, die im ganzen Land herrscht, auch in ihrem Geschäft. Es ist nun zwar mehr Geld im Umlauf, aber weniger Waren in den Geschäften. Was ist der Grund?

Als frühere Telefonistin weiß Ilse, wie Gespräche zwischen den örtlichen Behörden und Berlin ablaufen. In der Nazizeit Druck und Jagd auf Menschen, die nicht ihrer Ideologie entsprachen, in der Zeit nach dem Krieg sowjetische Willkür, und nun Anordnungen aus Berlin gegen die, die den Anschauungen des sozialistischen Staates zuwiderlaufen. Privatfirmen sollen verschwinden, sollen in PGHs – Produktionsgenossenschaften des Handwerks – übergehen.

Und warum?

Handwerk hat goldenen Boden, Bereicherung wäre die Folge, sind die fadenscheinigen Begründungen – doch von was?

1966 gibt es *Elektro-Krüger* nicht mehr. Der Druck war zu groß, Materialbestellungen blieben aus, Eingaben wurden abgelehnt,

Resignation machte sich breit. Der neue Arbeitgeber ist die PGH Elektroinstallation. Der Leiter ein Genosse mit Parteiabzeichen. Aus Herr Krüger wird Kollege Krüger, der die Reparaturwerkstatt leitet, Frau Krüger ist nun die Kollegin im Verkauf, zwei ehemalige Mitarbeiter werden übernommen. Und, o Wunder, auf einmal werden die Bestellungen halbwegs erfüllt. Tja, und so sind die Krügers nun Angestellte in ihrem ehemaligen Geschäft.

Otto Krüger verkraftet diese Ungerechtigkeit nicht. Sein Gesundheitszustand verschlechtert sich zusehends. 1976 stirbt „Elektro-Krüger" mit 61 Jahren, und mit ihm stirbt sein zerstörter Traum. Die Zwillinge Roland und Ingrid haben die Schulzeit gut gemeistert, Ingrid ist Kindergärtnerin geworden, Roland Autoschlosser. Ilse ist nun an einem Punkt angelangt, an dem sie die Weichen für ihr weiteres Leben stellen muss und auch endlich Klarheit über den Verbleib ihres Bruders Host haben will. Der Suchdienst der DDR, das Rote Kreuz, stellt Nachforschungen an: Host gilt als vermisst. Die Spur verliert sich in Dänemark. Und so muss Ilse mit dieser (Un-

)Gewissheit leben. Was bleibt von Host? Liebevolle Erinnerungen.

Im Frühjahr 1977 kündigt Ilse. Nein, so kann und will ich nicht weiterarbeiten. Seitdem Otto nicht mehr in unserem ehemaligen Geschäft ist, kann ich loslassen, muss ich loslassen. Es wäre zu schön gewesen. Was macht der Staat nur mit uns, was bürdet er uns auf, was für ein politisches Klima wird erzeugt?

Ein neues berufliches Zuhause findet sie bei der Mitropa in der Buchhaltung. Dort teilt sie sich das Büro mit einer Kollegin. Die Arbeit ist ihr nicht fremd; schon im Elektrogeschäft hat sie die Buchhaltung geführt. Befriedigt die neue Arbeit sie? Zu viele Gedanken beschäftigen sie.

Ilses Nervenkostüm ist arg strapaziert. Beim Einkaufen im Textil-Konsum kommt es beinahe zum Eklat, als sie einfach keine passende Kleidung findet. Zu groß, zu klein, da gehören andere Knöpfe dran, der Gürtel ist nicht braun... bis eine Verkäuferin ihr ein Blatt Papier und einen Bleistift bringt. Ilse schnappt nach Luft, will die Verkäuferin zur Rede stellen, doch plötzlich entspannt sich ihr Gesicht. „Sie bringen mich zum Lachen. Ja, mir geht es auf einen Schlag wieder gut! Genau das hat mir gefehlt, so ein Aufrütteln. Ich fühle mich auf einen Schlag wie befreit. Darf ich Sie nach Feierabend zu einer Tasse Kaffee drüben im Café Stade einladen? Bitte, Sie würden mir eine große Freude machen, Frau…?"

„Gerlach, Minna Gerlach."

Das ist der Beginn einer Freundschaft, die bis zum heutigen Tag anhält.

Schnittverletzungen

„Uftra? Nein, da war ich noch nicht. Und das Dorf hat einen Bahnhof? Na, Sie sind lustig, es scheint mit Ihnen ja wieder aufwärts zu gehen! Bevor ich Sie besuchen komme, müssen wir aber erst gesund werden und dann sehen wir weiter. Ja, ja, diese Sprüche. Die kenne ich zur Genüge. Davon stehen ganze Säcke bei mir zuhause." Mit diesen freundlichen Worten beendet Oberschwester Minna das private Gespräch, um mit ernster Miene fortzufahren: „So, jetzt wird ein neuer Verband anhand, Unter- und Oberarm angelegt, und dann ist Bettruhe angesagt." Mit geübter Routine wird der alte, blutdurchtränkte Verband aufgeschnitten und die tiefe, die sehr tiefe Schnittwunde einer gründlichen Augenkontrolle unterzogen. „Na, das sieht doch gut aus. Keine Blutvergiftung in Sicht! Ich denke, die nächsten fünf, sechs Tage müssen Sie noch bei uns bleiben. Schwester Elfriede bringt noch Schmerztabletten vorbei, und ich sehe morgen wieder nach Ihnen. Uftra, sagten Sie, und einen Bahnhof?"

Paul Kranowski tastet zufrieden mit der

gesunden linken, rauen, rissigen Hand den neuen Verband ab. ‚Noch mal gut gegangen‘, denkt er und lässt Revue passieren, wie es zum Unfall kommen konnte. ‚Dieses verdammte Blech hätte mir um ein Haar den Arm abgetrennt. Dass ich das Unglück nicht habe kommen sehen! Und ich hab doch mit dem Seil gesichert! Das Blech sollte doch nur vom Dach rutschen … Ob der Rest Schnee noch dazu beigetragen hat? Leicht wie eine Feder schwebte die alte Blechplatte; eine neue sollte das Loch auf Schwagers Scheunendach abdichten, drehte plötzlich und schlitzte mir im Sturzflug mit messerscharfer Kante den Arm auf. Ich habe keine Ahnung, warum ich es alleine versucht habe und nicht auf meinen Schwager gewartet habe. Wie ich ins Krankenhaus gekommen bin, weiß ich auch nicht mehr. Hermann, mein Nachbar, wurde mir gesagt, hat meine Schreie gehört, die Situation erkannt, nicht gefackelt, mich kurzerhand in seinen Handwagen gepackt und vier Häuser weiter zur Gemeindeschwesterstation gefahren. Schwester Elfriede hat wirklich vorbildlich reagiert, den Oberarm unterhalb der Achsel abgebunden, den Blutverlust gestillt, das

Kreiskrankenhaus informiert – und dreißig Minuten später lag ich auf dem OP-Tisch. Mann, ich hatte wirklich Glück im Unglück! Hermann und Elfriede – ach was, nach meiner Entlassung lade ich beide Familien in den Dorfkrug zu einem Essen ein…'

„Hab ich Sie erwischt! Was machen Sie hier draußen? Sollten Sie nicht im Bett liegen? Bettruhe ist wichtiger als Rauchen! Was ist das denn für eine Marke? HB? Die mit dem Männchen, das immer gleich in die Luft geht, wenn irgendwas nicht nach seinem Kopf geht? Das ist eine lustige Werbung, die sich alle gern ansehen, Jung wie Alt."

„Oberschwester Minna, und was machen *Sie* hier an der frischen Luft? Ich sehe, Sie haben auch Zigaretten in der Hand. Sind das nicht Turf-Zigaretten? Ohne Filter? Starkes Kraut! Darf ich Ihnen eine von meinen anbieten? Mein Sohn wohnt drüben und schickt mir ab und zu Westpäckchen, darunter sind auch Zigaretten. Er sorgt sich sehr um mich, seit seine Mutter, meine Frau, vor zwei Jahren bei einem Verkehrsunfall ums Leben kam." „Tut mir leid, das zu hören … jetzt haben Sie mich auch erwischt! Gut, ich probiere mal eine von

Ihnen. Schmeckt gut. Verpetzen Sie mich aber nicht!"

„Mit dem Verpetzen ist das so eine Sache – seien Sie vorsichtig. Es muss ja nicht jeder wissen, dass Sie die HB-Werbung im Westfernsehen gucken. Schließlich ist die Firma Horch und Guck allgegenwärtig."

„Alle gucken Westfernsehen, am allermeisten die Allgegenwärtigen! So, jetzt muss ich aber weiter. Also, Bettruhe!"

Die Visite läuft in allen Krankenhäusern der Welt, jeweils im Rahmen ihrer Möglichkeiten, gleich ab. Es ist die Sorge um das Wohlergehen der Patienten. So auch bei Paul Kranowski. In seiner Krankenakte ist vermerkt: 17.9.1915 geboren, ausgeübte Tätigkeit: Altstoffhändler, Unfall am 4.4.1961, Schnittverletzung Arm rechts, dauerhafte Beeinträchtigung durch Sehnenschnitte (Heben sowie seitliches Beugen eingeschränkt), Fingerfertigkeit leicht eingeschränkt.

„Na, heute ist unsere letzte Visite, ja, das sieht gut aus, der Heilungsprozess verläuft in meinem Sinne. Oberschwester, der Arm verträgt ab jetzt eine leichte Bandage.

Bewegen Sie mal die Finger und greifen Sie nach dem Glas Wasser – na, geht doch. Schwierigkeiten mit dem Armbeugen? Da kann ich Ihnen keine Hoffnung machen, das wird bleiben. Gewicht heben maximal 20-25 Kilo. Faust auf und zu, ja, das geht gut; ich finde, damit können Sie leben. Aber Ihre Glocke, ich glaube, die bleibt stumm, wenn Sie verstehen, was ich meine. Auch ich kenne den legendären Ruf, der Ihrer Berufsgilde eigen ist und dem ich als Kind gerne nachgekommen bin. Alles Gute für Sie, Herr Kranowski! Morgen werden Sie entlassen. Oberschwester, Entlassungspapiere bei mir im Büro abholen. Auf zum nächsten Patienten!" Chefarzt und Gefolge verlassen Kreiskrankenhaus Zimmer 206 mit wehenden Kitteln.

„So, hier sind die Papiere. Sagen Sie mal, Minchen, haben Sie gewusst, dass sich Stasi- Beamte nach unserem Lumpensammler erkundigt haben? Waren die auch bei Ihnen? Nein? Na gut, hier die Entlassungspapiere."

„Herr Kranowski, nach dem Frühstück können Sie die Heimreise antreten, nach Uftra mit Bahnhofsanschluss. Wenn

Komplikationen auftreten sollten: Sie wissen ja, wo Sie uns finden. Hier, diesen kleinen Gummiball schenke ich Ihnen; damit können Sie Faust und Finger beweglich halten. Einfach nur auf und zu drücken. So, hier sind Ihre Papiere, nun Ihnen alles Gute. Ach, ehe ich es vergesse: Herren in Zivil wollten wissen, wann Ihre Entlassung ist."

„Danke, Oberschwester!" Zwei Augenpaare haben verstanden.

Am 3. Oktober 1990 tritt die DDR dem Geltungsbereich der BRD des Grundgesetzes bei. Fortan ist die DDR Geschichte. Deutschland ist vereint! Spannende zwei Jahre sind dem Ereignis seit 1989 vorausgegangen. Millionenfach sind die Menschen des Arbeiter- und Bauernstaates auf die Straße gegangen und haben für Reformen und freie Wahlen demonstriert. Bürger wollten Auskunft über den Verbleib ihrer Stasi-Akten und dem von Millionen anderer erhalten. Zwei Jahre wurde erfolgreiche friedliche Geschichte geschrieben!

„Ilse, hat es geklingelt? Ich seh mal nach."

„Guten Tag, Frau Gerlach. Entschuldigen Sie, dass ich Sie einfach so überfalle.

„Erinnern Sie sich noch an mich? Ich bin der Herr Kranowski und wollte Ihnen nach über dreißig Jahren diesen Gummiball zurückbringen..."

„Den Gummiball? Ich versteh nicht..."

„Ja, das liegt auch schon zu lange zurück. 1961 im April haben wir uns voneinander verabschiedet. Ich bin Ihnen noch heute dankbar dafür..."

„Entschuldigung, aber ich versteh nur Bahnhof, ich kann Ihnen nicht folgen..."

„Genau, Bahnhof! Uftra hat einen Bahnhof, und ich bin der Mann, der Sie schon damals dorthin einladen wollte und den Sie so fürsorglich gepflegt haben. Eine Schnittverletzung hatte meinen rechten Arm fast gelähmt..."

„Ach ja, jetzt erinnere ich mich! Waren Sie nicht der Mann, der Altstoffe sammelte? Wie ist es Ihnen denn ergangen und woher haben Sie meine Adresse?"

„Frau Gerlach, als wir uns das letzte Mal sahen – 1961 –, da gaben Sie mir durch die Blume zu verstehen, dass Mitarbeiter des MfS sich nach meiner Entlassung erkundigt hatten. Mir war sofort klar, weshalb und warum. Es ging um Buntmetalle: Kupfer, Blei, Messing, den ewigen Streit, die ständigen Kontrollen der Behörde. Angeblich würde ich dem Staat wertvolle Rohstoffe unterschlagen und mich bereichern. Bereichern, dass ich nicht lache! Das waren nur vorgeschobene Argumente; der Staat wollte direkt kassieren und mich als Zwischenhändler ausschalten. Durch meinen Sohn, der inzwischen als Beamter aus dem Westen hier in der Kreisstadt den Aufbau einer neu geschaffenen Amtsbehörde unterstützen soll – alte Kader sollen den Platz räumen –, hatte ich die Möglichkeit, Ihre Adresse zu erfahren und auch Einsicht in meine Stasi-Akte zu erhalten. Gut, dass ich mich damals sofort nach der Entlassung aus dem Krankenhaus in Richtung West aufgemacht habe! In den Stasi-Unterlagen stand: Diebstahl an Volkseigentum. Zur Fahndung ausgeschrieben. Das hätte eine Verurteilung mit mehrjähriger Haft nach sich gezogen. Und wie es dann weitergegangen wäre, ist bekannt. Ausgelöst wurde meine Denunziation durch einen Kaufstreit mit einem Mitbieter um einen albernen Kupferkessel. Der Mann, den ich gut kannte, hatte nichts Besseres zu tun, als mich an die Krake zu verkaufen. Aus Angst, dass der Haftbefehl nicht verjährt, habe ich die DDR, mein Uftra, all die Jahre nicht wieder besuchen können. Ja, so war das."

„Ilse, hast du das gehört? Ich hatte dir ja von diesem Unfall erzählt. Keinen Pfifferling hätten wir damals für Ihren Arm gegeben. Nur Hautfetzen und Knochen baumelten herunter. Der damalige Chefarzt hatte ganze Arbeit geleistet. Als Oberschwester stand ich ihm zur Seite. Das war schon eine komplizierte Operation. Meinen weißen Kittel habe ich 1965 an den Nagel gehangen. Auch ich wurde wegen politischer Unkorrektheit angeschwärzt. Aber lassen wir das. Wohin hat es Sie verschlagen? Ihren alten Beruf konnten Sie doch nicht mehr ausüben, wenn ich mich recht erinnere. Ihren Arm konnten Sie doch nicht mehr belasten?"

„Stimmt. Nach Dortmund zu meinem Sohn hat es mich gezogen. Der dortige Großhandel suchte Mitarbeiter für Obst und Gemüse. Als Gabelstaplerfahrer transportierte ich Paletten kreuz und quer durch unvorstellbar riesige Hallen. Und erst das Obst und Gemüse! Da waren exotische Waren dabei, die ich noch nie gesehen hatte, geschweige denn gewusst hätte, dass man sie essen kann. Am Anfang hat diese Fülle mich regelrecht erschlagen. Jetzt bin ich in Rente. Den grauen Arbeitskittel habe ich 1981 für immer an den berühmten Nagel gehangen. Der Gummiball war übrigens in all den Jahren mein Trainingspartner..."

„Behalten Sie ihn. Er hat Ihnen treue Dienste geleistet, und mich macht es auch ein bisschen stolz, dass ich Ihnen helfen konnte. In der einen oder anderen Richtung. So, ich habe Ihnen ja noch gar nicht meine Freundin Frau Krüger vorgestellt. Wir sind als Zweigespann viel unterwegs und besuchen unsere Nachbarländer. Stimmt's, Ilse? Den heutigen Tag, Herr Kranowski, haben Sie aber gut erwischt – es gibt selbstgebackenen Streuselkuchen mit guter Butter und dazu guten Kaffee. Nehmen Sie ein Stück?"

„Mhmm, ich habe schon seit Jahren keinen so guten Streusel mehr gegessen – und der Kaffee dazu! Ja, ich fühle mich wieder zuhause."

Der Lumpenmann

Wirklich? Ist der Lumpenmann eine graue Erscheinung? Ja, mag sein. Sein Äußeres lässt zumindest darauf schließen. Fleckig, speckig schillern Hemd, Hose, Jacke, die abgegriffene Mütze zeugt vom vielen „Dankeschön". Derbes Schuhwerk, sohlenmüde, klappert Straßen und Gassen ab, bringt ihn an sein Ziel. Von Schwielen gekrümmte Hände umklammern Handfederwaage und Handglocke. Seine Augen und Ohren sind nach Kundschaft ausgerichtet.

Das westdeutsche Geschwisterpaar Fahrnberger landet 1957 den musikalischen Ohrwurm *Es läuten die Glocken am Königssee...*

Ob die graue ostdeutsche Erscheinung diesen Schlager je hörte, ist nicht bekannt. Bekannt ist aber seine Ankündigung, die durch alle Türen und Wände dringt, wenn der legendäre Ohrwurm-Ruf „Der Lumpenmann ist da" erschallt, unterlegt von lautstarkem Glockengebimmel.

Das ist der Auftakt für Haushalte, ihr schmales Wirtschaftsgeld aufzubessern. Er verspricht eine kulinarische Zugabe in

Form von Quark, Butter, Milch, auch mal eine Wurst mehr. Den Kindern erfüllt eine Rolle Drops oder eine Kugel Eis süße Träume.

„Lumpen, Knochen, Eisen und Papier, wer hat, alles abliefern. Zahle sofort, Geld auf die Hand", so hallt es durch die Gassen. „Bimm, bimm, bimm", ruft die Glocke, „kommt, Leute, kommt und bringt!"

Der Lumpenmann hat einen ehrenwerten Beruf. Niemand darf über ihn die Nase rümpfen, keiner darf sich über ihn stellen. Im Gegenteil – manche, nicht alle, bieten ihm verdreckte Fetzen an, die sogar das Wort Lumpen nicht mehr verdienen. Eisenschrott bringt den größten Gewinn. Zeitschriften, gebündelt, wechseln den Besitzer. Sie lassen Rückschlüsse auf die Leserschaft zu. Knochen, geruchsintensiv, füllen Körbe, verbessern nicht unbedingt des Lumpenmanns Gesundheitsstand. Dennoch – ja, er weiß es. Es ist sein Erwerb, sein Einkommen, mit dem er Familie, Kind und Kegel ernährt. Wie jede andere Berufsgruppe auch. Reich, reich wird der Lumpenmann durch seiner Hände Arbeit nicht. Wie er an übergeordneter Stelle mit seinen gesammelten Ressourcen abrechnet, ist seinem Geschick überlassen. Und so darf man davon ausgehen, dass er ein Schlitzohr ist. Lumpen, Knochen, Eisen und Papier hängen an Handfederwaagen, und „geeichte" Messgeräte zeigen, deutlich sichtbar für den Warenüberbringer, den Wert in Pfennig, Groschen und Mark an. Täuschung hin oder her, jedenfalls optisch wie gesehen astrein, mit Handschlag besiegelt, wechselt der Besitz. Und so zieht er von Dorf zu Dorf, von Gemeinde zu Gemeinde, die alle seinen Glockenschlag und Ruf vernehmen: „Lumpen, Knochen, Eisen, Papier!"

Doch irgendwann ist sein Ruf verstummt, seine Handglocke ist nicht länger zu hören. Die Tätigkeit des Lumpensammlers hat ausgedient. So lautstark, wie er auftrat, so plötzlich verschwand er aus dem Straßenbild.

Örtlich zugewiesene Räumlichkeiten, so genannte „Ankaufstellen aller Sekundärrohstoffe" – im Sprachgebrauch kurz SERO* genannt –, ersetzten den mobilen Lumpenmann.

Überliefert ist noch, dass die Liste seiner tönenden Ankündigung um zwei Wörter

ergänzt wurde, nämlich um „ausgeschla-
gene Zähne".

Zum Ärgernis aller Lumpensammler for-
mulierte der Volksmund daraus ein Lied,
welches man als Endlosschleife sang:
„Lumpen, Knochen, Eisen und Papier, aus-
geschlagene Zähne sammeln wir, ja, das
sammeln wir. Wir sammeln..."

*SERO – Sekundär-Rohstofferfassung in
der DDR

Helmut, das Heimkind

Minna Gerlach und Ilse Krüger sitzen auf der Veranda und sehen dem Mann zu, während er die Hecke des Gerlachschen Grundstücks in Form schneidet. „Ilse, hab ich dir schon seine Geschichte erzählt? Wie Herr Buda sein Leben gemeistert hat, einfach bemerkenswert, à la bonne heure!" Und zeigt dabei auf den Mann, der geschickt mit der Gartenschere hantiert. „Wir kennen uns seit Anfang der Achtziger Jahre. Von Beruf ist er Maler, und wenn ich auch nur andeute, dass die Zimmer einen neuen Anstrich vertragen oder ob ich seine Hilfe im Garten in Anspruch nehmen kann – zack, dann … na ja, siehste ja! Immer freundlich und hilfsbereit. In all den Jahren haben wir gegenseitiges Vertrauen entwickelt und kennen die Lebensgeschichte des anderen. Und was meinst du, was für schöne Sachen er aus Holz schnitzt. Das Pferd und das Paar auf der Bank, die da drüben auf der Fensterbank stehen, sind auch von ihm. Schön, nicht wahr? Nach der Wende half er mir bei der Umstellung von Kohle auf Erdgas. Die alten Kachelöfen wurden durch Plattenheizkörper ersetzt. Mit Ausnahme des hohen gusseisernen Ofens in der guten Stube, der ist geblieben! Ofenwärme ist einfach eine andere Wärme, da kann mir einer sagen, was er will. Heute sagt Herr Buda selber, wie angenehm die Wärme ist, und ist froh, dass er mich damals nicht überreden konnte, den alten Schinken, wie er den Ofen nannte, zu verschrotten. Ja, und so sitzen wir nach getaner Arbeit manchmal noch beisammen und unterhalten uns über Gott und die Welt. Jedes Jahr zur Kirschernte trifft sich seine Familie bei mir und – aber Ilse, ich rede und rede. Dabei bist du doch selber immer dabei. Also daran merkt man: Ich werde alt!"

„Du doch nicht! Alt ist relativ. Aber seinen Lebenslauf, nein, den hast du mir noch nicht erzählt."

„Ich habe mir von ihm die Erlaubnis eingeholt, über seinen unglaublichen Weg berichten zu dürfen, wenn sich je die Gelegenheit ergibt."

„Und warum macht er das nicht selbst?"

„Er möchte sich nicht damit in den Vordergrund drängen; das ist nicht seine Art. Also gut, ich erzähl dir alles. Schenk uns aber vorher noch einen Eierlikör ein. Hoch, nein, nieder, es lebe der niedrige Blutdruck. Prost!

In seinen spärlichen Unterlagen, die mit dem Siegel der DDR versehen sind, ist nicht viel zu finden. Im September 1944 geboren. Name: Helmut Buda. Auf seiner Geburtsurkunde steht nur *Eltern unbekannt*. Und da geht es schon los! Ist sein Lebensweg mit Dornen gesät? Wie wird seine Zukunft aussehen? Ohne Vater und – viel schlimmer – warum wurde der Mutter das Kind weggenommen? Warum kam er gleich in ein Krankenhaus? Wer waren seine Eltern, wie haben sie ausgesehen? Und über allem schwebt das Warum? Stochern im Nebel, es bleibt spekulativ.

Und so wächst Helmut Buda ohne Familie oder Verwandtschaft auf. Helmut wird ein Heimkind! Er erfährt nie, wie es in einer Familie mit all ihren Höhen und Tiefen zugeht. Ist das gut oder schlecht für ihn? Wer kann das schon sagen? Wenn ich gedacht habe, was für ein trauriges Schicksal, so sah ich mich getäuscht! Aber *richtig* getäuscht, das hätte ich nicht erwartet. Er zählte mir die vielen Stationen auf, in denen er

untergebracht war. Gleich nach dem Krankenhaus, so berichtete er mir, wurde er von
1944 bis 1949 in einem Thüringer Heim untergebracht. Von '49 bis '55 wurde er in die
Märkische Schweiz verlegt. Wie sich das
anhört – verlegt!

In seinen Erinnerungen ist die Schulzeit
von der ersten bis zur achten Klasse mit viel
Sport ausgefüllt. Schiefertafel und Griffel
waren in der Zeit selbstverständlich. Ilse,
erinnerst du dich noch? So wie bei uns in
der Schule auch. Jedenfalls hat er dort seinen Fahrtenschwimmer gemacht; Fußball
und Turnen fielen ihm auch nicht schwer.
Außerdem hat er den Bauern bei der Kar-
toffelernte geholfen. Und in der nahegelegenen Gärtnerei waren die Kinder eine
große Hilfe bei der Beerenernte. Wie er mir
erzählt hat, waren es die Märsche um den
See vor dem Heim, die ihm nicht gefallen
haben. Sie hatten so einen militärischen
Drill, und über allem lag ein Gefühl von
Trübsinn. Schuhe waren damals Mangelware, meist gingen wir Kinder barfuß. Und
wenn es mal festes Schuhwerk gab, waren
die Dinger mit Riemchen versehen, die von
Montag bis Montag gehalten haben. In seiner Freizeit entdeckte er seine Leidenschaft

für die Holzschnitzerei. Ende August 1955 – nach den Sommerferien – hieß es für ihn wieder einmal: Umzug. Diesmal nach Berlin.

In diesem Heim – ich glaube, er hat erwähnt, dass es Königsheide hieß – verbrachte er die glücklichsten Tage seiner Kindheit und Jugend. Hier habe ich nichts vermisst, sagt er. Da ich keine Eltern habe, hatte ich nie das Gefühl, etwas zu versäumen. Ich hatte keinen Vergleich. Den anderen Heimbewohnern, Mädchen wie Jungen, konnte ich an den Gesichtern ablesen, ob bei ihnen die Freude oder die Enttäuschung überwog, wenn sie von ihren Angehörigen für ein paar Tage abgeholt wurden. Tränen gab es genug. Er machte auch eine Art Schnupperkurs bei Adoptiveltern. Nein, das war nicht sein Ding! Die Chemie passte einfach nicht. Nach drei Tagen war der Spuk vorbei. Und da stellte er fest: Mutter und Vater, Vater und Mutter – das ist für mich das Heim. Hier fühle ich mich geborgen. Natürlich ist ihm nicht entgangen, dass es auch andere Beispiele gab. Oder dass Elternteile ihre Kinder für immer aus dem Heim nach Hause geholt haben. Was sich dann aber in den Familien abspielte, stand auf einem anderen Blatt Papier! Helmut machte es Spaß, sich von Anfang an einzubringen. Er beteiligte sich mit Hacke und Schaufel bei Ausschachtungsarbeiten für irgendwelche Mehrzweckhallen. Und er hatte auch nie das Gefühl, hier wird Kinderarbeit ausgenutzt. Nein, so'n Quatsch. Sicher gab es welche, die das nicht so gesehen haben. Aber Helmut gehörte nicht zu ihnen. Und, so erzählte er mir, er hat schwächeren Kindern bei Streitigkeiten mit Stärkeren geholfen. Manchmal hat er mit Worten geschlichtet – und manchmal mit Boxhieben. Da gab es für ihn kein Zurück! Und die Verpflegung, na ja, da hätte das eine oder andere Schnitzel größer sein können. Haferflocken gab es oft, und die isst er heute noch gern. Sollen ja gesund sein. Ausflüge in den Ferien an andere Orte – das war immer ein Erlebnis. Ja, und irgendwann wurden auch Mädchen interessant. Er bastelte mit seinen Freunden heimlich an Radios herum, wegen RIAS und so. Es war eine verrückte, aber für ihn herrliche Zeit, Und als er vierzehn wurde, bekam er seine Geburtsurkunde ausgehändigt. Die bestätigte ihm, dass er existiert. Dass er atmet, dass er lebt. Und da hatte er den Vermerk schwarz auf weiß: *Eltern unbekannt*. Und als er mir das erzählte, hab ich ihn gefragt, ob ihn das nicht berührte. Er sah mich nur an und sagte mit fester, klarer Stimme: Nein! Überhaupt nicht. Wie auch?

Die Schule beendete er mit guten Noten, hervorgehoben wurden sein soziales Verhalten und sein Talent, dem Holz als Schnitzkünstler ein Gesicht zu geben. Das Heim – sozusagen stellvertretend für die Eltern – entließ nun seinen Sohn. Man könnte auch sagen: er musste den Rockzipfel loslassen."

„Minchen, wie hat er das empfunden? Diese Freiheit?"

„So, wie er es mir erzählt hat, war er darauf vorbereitet. Er hatte gutes Rüstzeug mitbekommen, war sehr selbstständig und hatte keine Angst vor der Zukunft. Umsichtigkeit hatte er gelernt. Alle seine Heime hatten ihm immer gesagt: Geh, mach was aus dir. Liefere! Und er hat geliefert!

Von 1960 bis 1963 machte er die Ausbildung zum Maler. Wieder wurde er in einem Heim untergebracht, einem Lehrlingswohnheim. Ilse, das können wir uns nicht vorstellen, ständig in einem Heim, oder? Seine Lehrzeit hat er gut überstanden und stand danach auf eigenen Füßen. Auf eigenen Füßen hatte er schon vorher gestanden, bloß mit dem Unterschied, dass er sich da noch um nichts zu kümmern brauchte. Nun lebte er in einer kleinen Wohnung mit Ofen und Waschmaschine, bezahlbar, ein Zuhause. Das Heimkind mischte sich unter die „Normalen". Um ein besseres Einkommen zu erreichen, machte er so ganz nebenbei die Ausbildung zum Malermeister. Heute bildet er selber Lehrlinge aus. Ich habe dir ja gesagt, Ilse, ein echtes Talent. Und seine Leidenschaft, die Holzschnitzkunst, brachte ihm einige Preise ein. Ein anerkannter Künstler!

Aber das Beste kommt noch! Ein ehemaliges Heimkind nahm Kontakt zu ihm auf; auch der suchte nach Eltern und Verwandtschaft und ist dabei auf den Namen Buda gestoßen. Ja, es gab eine Mutter! Irgendwann in den Siebzigern fand ein Treffen statt. Zwei Fremde standen sich gegenüber und gingen als Fremde auseinander. Stell dir vor, Ilse: kein Wort darüber, warum, weshalb, keine Antworten auf seine Fragen.

Ist das nicht eine traurige Geschichte? Wir sehen das so, aber er?

Ich glaube, eine Tasse Kaffee und ein Stück Streuselkuchen wird ihm jetzt nach der getanen Arbeit guttun. Wie ich sehe, ist er fertig. Ich werde ihn hereinrufen."

„Minna, warte eine Sekunde. Sag mal, die Holzfigur, das Paar auf deiner Fensterbank, könnten das nicht seine Eltern sein? Und wie ist er in unsere Stadt gekommen?"

„In die Stadt ist er durch seine Frau gekommen. Sie arbeitet in der Stadtverwaltung. Hat einen guten Posten. Und die Figuren auf der Bank? Nein, ich denke eher, das sollen zwei Verliebte sein, die sich auf Kinder freuen. Das passt zu ihm. Jetzt aber Kaffee!"

Schulzens Brückentag

Still murmelt der kleine Bach unter der alten Brücke „Freiheit", eine Eisenkonstruktion, Zeuge handwerklichen Geschicks. Der Volksmund gab ihr den Namen, weil Ende des auslaufenden 18.Jahrhunderts ein Gefängnis auf der einen Seite und ein Freudenhaus auf der anderen Seite stand. Häftlinge überquerten nach ihrer Entlassung freudig die Brücke. Sie wechselten im Laufschritt auf die Seite über, wo sie mit offenen Armen von leichten Mädchen mit honigsüßen Worten empfangen wurden: „Willkommen in meiner Freiheit." Was lag da also näher, als der Brücke den Namen *Freiheit* zu geben?

Heute wohnen im umgebauten Gitterhaus friedliche Bürger mit integrierter Kneipe *Zur letzten Instanz* (Pils 0,50 Pfennig, Bockwurst mit Kartoffelsalat 1,80 Mark). Der Weg dahin führt nach wie vor über das verbindende Eisenkonstrukt. Auch der Name ist geblieben: *Freiheit*. Assoziationen zur heutigen und damaligen Nutzung des Gebäudes sind zulässig.

Das Haus gegenüber gibt es nicht mehr; geblieben ist aber das menschliche Verlangen.

Und nun: ein Zwischenfall, ein gravierendes, denkwürdiges, nachhaltiges Ereignis.

Laut schreit ein Mann auf der *Freiheit* in gebückter Haltung um Hilfe. Aus der Kneipe *Zur letzten Instanz* kommt die Person, die sich in einer aussichtslosen Lage befindet.

Volkspolizei Obermeister Schulz, Auge des Gesetzes, beendet sein Rundgang.

Feierabend! Abendbrotzeit! Doch ist da nicht Geschrei zu vernehmen? Na, das fehlt mir gerade noch! So ein Mist aber auch! Soll ich mich taubstellen? Es einfach ignorieren? Zu spät! Minchen Gerlach kreuzt seinen Weg und deutet dem ABV*, mit den Händen, an denen Einkaufsnetze hängen, zielgenau die Richtung an.

Ausgerechnet Minchen, die sonst nie um diese Zeit hier entlangkommt, hat mir mein Feierabendbier vermasselt, denkt der Volkshüter.

„Bürgerin Gerlach, immer wachsam sein, jawohl, gut beobachtet, weiter so, werde mal nachsehen. Guten Tag noch", fügt er laut an und läßt damit durchblicken: Du kannst gehen.

„Ja, was ist denn hier los? Wen haben wir denn hier? Bürger, Ausweispapiere, Name, Wohnort, aber dalli! Und warum knien wir denn vor dem Eisengitter der *Freiheit*?", herrscht das kommunale Gesetz die jammernde Gestalt an. Unverständliches Gebrabbel ist die Antwort.

Beim Nähertreten an das Eisengeländer, sieht der mit Orden und silbernen Sportabzeichen behängte Genosse, in volkseigenen, gewienerten schwarzen Lederstiefel (Größe 43), wen er vor sich hat.

„Du bist es, Kurt? Das hätte ich mir doch gleich denken können! Unverwechselbar dein kariertes Hemd, die Arbeitsschuhe, Hosenträger, die grüne abgetragene Cordhose, die ich dir eigentlich mit einem Tritt in Hintern veredeln müßte. Was machst du da."

Nur mühsam ist zu verstehen, was Kurt bewogen hat, sich in so eine Lage zu bringen.

„Wechselgeld ist mir aus der Hose gefallen, 4 Mark und 68 Pfennig, muß wohl ein Loch drin sein. Geld für ein paar Pils. Nicht auszudenken, wenn das den Bach runterge-gangen wäre. Also b in ich gleich den rollenden Geldstücken hinterhergerannt, hab mich gebückt, Hände und Kopf durch das Brückengittergitter gesteckt, das Geld gesichert, und nun stecke ich in der eisernen Umklammerung fest und komme mit dem Kopf vor lauter Anstrengung und geschwollenen Ohren nicht mehr zurück. Ich bin ein Gefangener der *Freiheit*" jammert er. „Halts Maul, Kurt, nicht so laut, in diesen Zeiten ist das Wort *Freiheit* verdächtig."

Inzwischen interessieren sich immer mehr Leute, was sich auf der Brücke abspielt.

An bissigen Kommentaren und Ratschlägen mangelt es nicht.

„Was steckt der alte Esel seine Nase durch die Eisenstäbe? Wollte wohl sehen, wie die Freiheit von hinten aussieht? Und? Wie sieht sie aus? Und das alles wegen ein paar lumpigen Aluminiumchips? Die gehen doch sowieso bald den Bach runter."

„Bürger, bitte weitergehen, hier gibt es nichts zu sehen", so langsam dämmert es dem Gesetzeshüter, dass er die Sache nicht im Griff hat.

Schnelles Handeln wird nun vom geschulten Schild -und -Schwert -Vertreter abverlangt.

„Kurt, halte aus, wir müssen das Eisen mit dem Flextrennjäger durchsägen. Ich rufe die VP*-Zentrale an."

„Genosse Oberwachtmeister, haben sie im Dienst getrunken? Habe ich sie richtig verstanden? Sie   wollen die *Freiheit* vor unserem Jubiläum ‚Vierzig Jahre DDR' in Einzelteile zerlegen lassen?", fragt die rund um die Uhr besetzte Zentrale.

„Nein, um Himmels Willen, nein, ich will doch die *Freiheit* nicht in Einzelteile zerlegen!Ich will nur ein Gitterstab heraus sägen. Bitte kommen." Mit blaßem Gesicht und auf wackligen Beinen läßt sich das staatliche Organ seine Info bestätigen.

„Egal. Ich schicke Ihnen Feuerwehr und Bereitschaftspolizei. Das volle Programm. Ende", krächzt der VP -Diensthabende.

Durch Tatütata gewarnt, rücken die Schaulustigen zur Seite. Feuerwehrmänner in Einsatzuniform, ausgestattet mit Helm, Sauerstoffgerät und Beil, bedienen komplizierte Technik.

„Hochstrahlwasserdüse Eins in Bereitschaft, dreifacher Wasserschlauchverteiler angeschlossen, einhundert Meter Schlauch ausgerollt, Stromaggregat in Betrieb", tönt es aus verschiedenen Richtungen.

Bereitschaftspolizei, die singenden Gummiknüppel, warten auf trillerpfeifendes Einsatzkommando.

Dienstgradmäßig untergeordnete Polizeimänner fragen sich: „Was sollen wir hier? Wem geht es an den Kragen? Wer soll heute verdroschen werden?

„Die *Freiheit* klemmt", lautet die schwammige Antwort. Was, hier auch?, denkt sich so mancher.

Oberwachtmeister Schulz merkt nun, dass es ihm aus der Hand gleitet. Das geht nicht gut. Es dreht sich doch bloß um den beklagenswerten Kurt, der noch immer mit dem Kopf zwischen dem   Vorkriegseisen feststeckt. Seine Ohren schwellen vor Anstrengung immer stärker an, sie sind rot wie Tomaten und machen seine Befreiungsversuche unmöglich.

Rückwärts geht's nimmer, vorwärts aber auch nicht. So ähnlich hatte es doch noch neulich in den Nachrichten geklungen. Wer war das doch noch? Und da fällt es Schulz wieder ein. Automatisch strafft sich seine Gestalt und nimmt Haltung an. Das war doch mein oberster Chef, E.Honecker. *Vorwärts immer, rückwärts nimmer.* So hat er getönt; das hilft mir hier aber auch nicht weiter, überlegt der Uniformierte und steht wieder *gerührt.*

Und nun auch das noch.

„Alles hört auf mein Kommando", so klingt es forsch von links. Der erste Kreissekretär läßt keinen Zweifel, dass der *Freiheit* geholfen werden muß, und reißt ab sofort alle Maßnahmen an sich.

„Was ist hier los? Meldungen, sofort."

„Genosse, ein Bürger befindet sich mit eingeklemmtem Kopf im Gitter der *Freiheit* ", meldet VP Schulz und knallt die Hacken zusammen.

„Nur der Kopf? Wie konnte das passieren?"

„Er ist dem Geld nachgelaufen, also seinem Kleingeld. Es ist ihm aus der Hose gefallen, und dem ist er nachgerannt, und nun - Sie sehen ja selbst."

„Welche Möglichkeiten gibt es, diesem Individuum zu helfen? Vorschläge!"

Aus der Menschentraube heraus kommen die tollsten Vorschläge.

„Ohren ab, mit der Hochdruckdüse durchs Gitter jagen, eine Woche bei Wasser und Brot, damit er dünner wird, kräftig in den Hintern treten, mit Schmierseife..."

Weiter kommen die Zwischenrufer nicht; der kreiselnde Sekretär blickt wütend in die Runde.

„Wir brauchen eine Eisensäge", befindet VP Wachtmeister, „einen Trennjäger."

„Ein was? Ein Jäger? Sie wollen schießen?

„Nein, eine motorbetriebene Säge."

„Aber ein Loch in der *Freiheit*? Sind sie verrückt geworden? Wie soll das zum vierzigsten Jahrestag der Republik aussehen?"

„Mutti, sieht das dann so aus, wie wir im Fernsehen gesehen haben, als Soldaten in Ungarn ein Loch in den eisernen Zaun zur österreichischen Grenze...?" Mit zwei gezielten Kopfnüssen wird ein Junge zum

Schweigen gebracht und eine Frau mit Kind entfernt sich eilig.

Aus der naheliegenden Autowerkstatt „Trabantschmiede", wird ein Mechaniker mit benötigtem Werkzeug herbeizitiert.

„Über das entstehende Loch werden wir ein Plakat mit unseren Errungenschaften befestigen. Besser noch: eine Botschaft, die die Verbundenheit mit Partei und Arbeiterklasse zum Ausdruck bringt", entscheidet der erste Kreissekretär.

Laut, mit hohem Pfeifton, funkensprühend trennt der Automechaniker das klemmende Eisengitter durch. Vorher flüsterte er Kurt zu: „Das kostet dich drei Runden Bier, drüben in der *Instanz*. Du weißt doch, so eine Säge kann auch mal schnell in eine andere Richtung abrutschen. Und nun mach die Augen zu, halt den Mund und mach dir nicht in die Hose. Haben wir uns verstanden?"

Kurt nickt. „Alles, was du willst. Freibier für eine Woche."

Unblutig verläuft die Befreiung, freudig schlägt sich Kurt die Hände vors Gesicht. „Ich könnte euch alle umarmen"

„Es lebe Kurts Freiheit", ruft eine Volkesstimme. „Und meine auch", ruft eine andere.

„Wir alle lieben die Freiheit" ruft das versammelte Volk.

„Bürger, keine weiteren Parolen. Ende der Versammlung. Alle gehen friedlich nach Hause",

brüllt der 1.Kreissekretär, der sich nach dieser schwerwiegenden Entscheidung eine Beförderung in den Bezirksrat ausrechnet.

Als letzter verläßt gedankenschwer Oberwachtmeister Schulz sein Revier. Noch zwei Jahre,

dann können mich mal alle. Rente wartet. Sollen sich doch andere mit der Freiheit herumärgern.

Gekommen ist es viel schneller.

Zwei Wochen später demonstrierten Bürger der Stadt auf der Brücke Freiheit für ihre Freiheit.

Der ehemalige 1.Sekretär umrundet nun als Wachschutzmann das Haus, in dem er früher Befehle und Anordnungen - alles zum

Wohle der Bürger versteht sich - willig ausgeführt hat. An die erhoffte Beförderung ist in nächster Zeit nicht zu denken. Aus VP Oberwachtmeister Genosse Schulz ist nun ein Herr Schulz geworden. In Rente ist er ein Jahr früher gegangen als gedacht.

Die Brücke gibt es immer noch. Das Loch wurde kunstgerecht geschlossen. Nur eine kleine Schweißnaht erinnert an den Zwischenfall von 1989.

ABV* Abschnittsbevollmächtiger (Polizei)

VP* Volkspolizei, Volkspolizist

Wenn Häuser erzählen könnten...

Ja, dann... aber fragen wir doch einfach das Haus Nr. 37 in der Sonnengasse. Das große, im gotischen Stil erbaute – es bietet Platz für vier Familien und einen Friseursalon. Aber warum sind drei Stolpersteine im Eingangsbereich verlegt worden?

„Diese Wunde will und will nicht verheilen. Sie brennt und schmerzt. Im Jahr 1943 sind sie gekommen. An einem frühen Morgen im März. Männer in schwarzen Uniformen und welche in langen Ledermänteln. Nur das Nötigste einpacken. Da, wo Sie hinkommen, werden Sie gut versorgt werden, herrschen sie meinen Hauseigentümer David Süß an. Er, seine Frau Rahel und der kleine 13jährige Samuel haben keine Zeit, Abschied zu nehmen. Mein Besitzer flüsterte mir noch in der Tür zu: „Mach's gut, mein liebes Geburtshaus. Haus meiner Eltern. Hast mich vierzig Jahre lang ertragen, hast meine Familie erlebt, bleib gut behütet, wir sehen uns nicht wieder."

Später habe ich erfahren, dass alle drei in Theresienstadt ermordet worden sind.

Heute, nach über sechzig Jahren, erinnern die drei Stolpersteine an die Familie Süß, an David, an Rahel und an Samuel.

Ein entfernter Verwandter der Familie Süß ist nach dem Krieg mein neuer Besitzer geworden. Er meint es gut mit mir. Er putzt mich, er streicht mich, er steigt mir aufs Dach und sucht nach jedem Regenguss den Keller nach Wasserflecken ab. Toi, toi, toi! Bisher nichts Ernstes, und das seit weit über hundert Jahren.

Seht ihr die Ruine da drüben? Das verwahrloste Grundstück? Hier hat Davids Freund, der Schuster Richard Glück, gewohnt. Beide waren seit der Schulzeit unzertrennlich. Beide spielten im selben Fußballverein, beide verbrachten ihre Freizeit miteinander, beide heirateten im selben Jahr. Auch bei Familie Glück stellte sich Nachwuchs ein. Ein Junge, ein Fritz.

Da wir beiden Häuser uns vis-à-vis gegenüberstanden, haben wir auch viel gemeinsam erlebt. So warfen wir uns Schatten zu, versuchten den Mond einzufangen, blinzelten uns mit frisch geputzten Fensterscheiben an, zählten nach jedem Sturm gegenseitig unsere Dachziegel, ärgerten uns über

Taubendreck. Freuten uns, wenn Kinder Klingelpartien unternahmen.

Bis an jenem besagten Tag im März. Was David nicht mehr sehen konnte, ist das traurige Ende seines Freundes. Als Familie Süß abtransportiert wurde, legte sich Richard lautstark mit den Herren in Schwarz an. Er schrie und tobte. Auch Richard wurde abtransportiert. Auch er ist nie wiedergekommen. Seine Frau Erna konnte das Geschäft nicht aufrechterhalten. Mit Waschen und Nähen für ein paar Groschen versuchte sie, die kleine Familie über Wasser zu halten. Fritz wurde im Februar 1945 von der Schule weg zum Endsieg einberufen. Seitdem gilt er als verschollen. Vor Gram und Leid und Armut verstarb Erna Glück 1958. So, und jetzt steht das Haus leer. Keine Erben. Die Lebensplanung der Familie Glück war eine andere.

Zuerst sind die Fensterscheiben meines Freunds blind geworden. Dann riss der Sturm nach und nach Löcher ins Dach. Es regnete rein, und Tiere nisteten sich ein. Die Balken verfaulten, die Türen waren schon lange eingetreten und Brauchbares bei Nacht und Nebel abtransportiert.

Irgendwann im Herbst 1969 grüßte mich mein Freund, das Haus von gegenüber, ein letztes Mal und stürzte in sich zusammen.

Heute ist an dieser Stelle nur noch Schutt und Unrat zu sehen. Birken wachsen und Katzen kennzeichnen hier ihr Revier.

So, nun kennt ihr die Geschichte vom Haus Nr. 37 in der Sonnengasse. Abschließend kann ich sagen: „Ja, ich vermisse die Familie Süß und die Glücks. Und meinen Freund vis-à-vis."

Weichensteller

Kann eine Schutzpatronin, kann ein Schutz-
patron Lebensläufe beeinflussen, gar einen
Zwischenfall verhindern? In Ost und in
West?

Und ob sie es können!

So wie bei den Bauern Heinz Köge und
Kurt Heise. Der eine bestellt als LPG-Mitglied im Arbeiter- und Bauernstaat das
Feld, alles zum Wohle der arbeitenden Bevölkerung. Der andere vor dem antifaschis-
tischen Schutzwall alles zum Wohle *seiner*
Familie und auch seines Landes. Beide
schuften im Schweiße ihres Angesichts.

Das eine kleine Dorf wird von Grenztür-
men und deren Grenzposten, einem Soldaten und einem Unteroffizier, bewacht.
Beide sind mit scharfer Munition bewaffnet
und haben den Befehl, Ausschau nach
Grenzverletzern zu halten und vom Schieß-
befehl Gebrauch zu machen.

Das andere kleine Dorf wird gelegentlich
durch Bundesgrenzschützer patrouilliert,
auch sie mit scharfer Munition ausgestattet

und zusätzlich mit Fotoapparaten aus- gerüstet. Das findet die gegenüberliegende Seite überhaupt nicht gut. Hat sie doch Angst vor Aufnahmen, die nicht ins Konzept der Parteiführung passen und dann noch über westliche Bildschirme flimmern. Unerhört!

Hügelige Felder, erntereif, warten auf die Mahd, bunt gescheckte Kühe fressen letztes grünes Gras. Seit Generationen im Besitz der Heisens. Eine Landstraße, ehemaliger Verbindungsweg zwischen hüben und drüben, ist durch die Grenze nun tödlich getrennt. Über allem „steht" ein Falke in der Luft und wartet auf Beute. Kirchturmuhren schlagen auf beiden Seiten die Zeit. Der einen Seite ist es verboten, an die Grenze zu kommen, um vielleicht den Verwandten zuzuwinken. Nur berechtigten Personen wie dem Bauern Heinz Köge ist es erlaubt, hier landwirtschaftlichen Tätigkeiten nachzugehen.

Bauer Heise wischt sich den Schweiß von der Stirn und winkt kurz mit der Mütze seinem schwitzenden Agrarkollegen Heinz zu. Heinz weiß, dass es unter Androhung von Strafe nicht erlaubt ist, den Gruß zu erwidern. Das könnte unangenehme Folge haben. Dennoch, für einen winzigen Augenblick hebt er grüßend die Hand. Es sieht so aus, als würde er sich über die Haare streichen.

Dem Grenzsoldaten und seinem Vorgesetzten auf dem Wachturm ist das nicht entgangen. Beide blicken durch Ferngläser. Der Soldat denkt sich: Hat er nun gewunken oder nicht? Mir doch egal. Lieber möchte ich meiner Liebsten im Erzgebirge zuwinken. Was sie wohl jetzt gerade macht? Denkt sie an mich, freut sie sich über meinen Brief?

„Genosse Soldat, haben Sie das auch beobachtet? Der Bauer hat doch gewunken!"

„Nein, alles in Ordnung."

„Verdammt, gerade jetzt musste mir der Schweiß in die Augen rinnen, ich konnte es nicht richtig erkennen!"

Was die beiden Grenzer nicht wissen: Der Bauer, der das Heu lädt, und der Bauer, der das abgeerntete Feld umpflügt – wegen dem erforderlichen freien Schussfeld – kennen sich seit Kindertagen. Früher sind die beiden gemeinsam zur Kirmes gegangen, haben Kunstblumen für ihre Mädchen geschossen und im Weiher gebadet. Bis ein elektrisch gesicherter Zaun und ein Minenfeld es ihnen unmöglich machten. Dennoch haben sie ein Schlupfloch gefunden – Prag. Alle vier Jahre. Wie sie das angestellt haben, bleibt geheim!

Heiß ist dieser Sommer 1976. Extrem heiß. Das Heu ist trocken und Eile ist geboten. Ist da nicht schon ein Donnergrollen zu hören? Ich glaube, Heinz hat meinen Gruß mitbekommen. Jetzt aber schnell, ein Gewitter zieht auf, denkt Bauer Heise.

Die Pferde sind unruhig, sie stampfen mit den Hufen. Immer mehr Schnaken kreisen summend um Menschen und Tiere. Bei schwüler Luft sind sie besonders saugfreudig. Noch zwanzig Meter, dann hab ich es geschafft. Ich krieg das Heu noch trocken in die Scheune. „Brr, Pferde, bleibt stehen." Schnell noch eine Zigarette. Bauer Heise kramt nach Tabakgenuss, und dabei kullern Zigaretten und Streichhölzer unter den Leiterwagen. Direkt vor das hintere Wagenrad. In dem Moment, in dem er die Zigaretten und Hölzer aufheben will, ziehen die Pferde wie wild los. Ein Schnakenschwarm umkreist aggressiv das Gespann, und ein zweiter Schnakenschwarm stürzt sich zielsicher auf den um sich schlagenden Bauern Heise. Und das ist sein Glück. Durch das wilde Fuchteln kommt er ins Straucheln und stürzt neben dem beladenen Heuwagen zu Boden. Mütze, Zigaretten und Zündhölzer werden von dem rollenden Wagenrad tief in die Erde gedrückt. Wäre er unter das Rad gekommen, hätte das bei diesem Heuwagengewicht tödlich enden können. Ein dankbarer Blick geht in Richtung Himmel!

Bauer Heinz Köge pflügt mit dem Traktor im vorgegebenen Bereich das abgeerntete Feld unter. Freies Feld, freie Sicht, „planierte" Ackerkrume.

Doch irgendwas stimmt mit der Hydraulik nicht. Der Pflug wirft die Scholle nicht richtig. Heinz hat den Fehler entdeckt: Aha, der Hydraulikschlauch verliert Öl. Mit der Hebelstellung wird der Pflug in Hüfthöhe gehoben. Heinz springt vom Traktor, unwirsch presst er durch die Zähne: „Da haben wir den Salat!" Er tritt an den angehobenen Pflug heran um den Fehler genauer in Augenschein zu nehmen. Als der Fuß unter dem Pflug steht, huscht eine Feldmaus vorbei. Vor lauter Schreck springt er einen Schritt zurück, und das ist sein Glück, es hätte ihm sonst die Füße abgetrennt! Die Hydraulik gab nach, der Pflug drückte mit voller Wucht ins Erdreich. Heinzes Blick richtet sich himmelwärts!

Haben die Schutzheiligen den vier Protagonisten die Weichen richtiggestellt? Haben sie massiv in ihre Lebensläufe eingegriffen? In Ost und West?

Aber ja doch!

Die Patronin der Bauern, die Schutzheilige Notburga, schickte einen Schwarm Schnaken zum West-Bauern Heise und eine Feldmaus zum Ost-Bauern Köge.

Der Patron der Soldaten, der Schutzheilige Adrian, lenkte die Gedanken des Soldaten zu seiner Liebsten und tropfte Schweiß in die Augen des Unteroffiziers. So ist ein Zwischenfall unterblieben.

Und sollte man denen da oben nicht danken?

Aber ja doch – mehrmals!

Energiespender

Als ich noch klein war und der Wind über mich hinwegbrauste und mich dabei sanft schaukelte, ja, das habe ich genossen. Das war einfach herrlich! Dünn war ich zu der Zeit, so dünn wie ein Grashalm. Die Großen sagten mir: Auch wir haben klein angefangen. Eines Tages bist du genauso groß und stark wie wir. Vielleicht sogar noch größer und stärker, wer weiß. Die Zeit wird es zeigen. Ja, sie hatten recht. In der Jugendzeit hatte ich so manchen Kampf mit den Naturkräften auszustehen. Entweder trotze ich ihnen oder sie brechen mich. Ich habe mich für ersteres entschieden. Heute machen mir solche Unbilden nichts mehr aus. Im Gegenteil: Ich bin daran gewachsen. An dieser Stelle sollte ich mich doch erst einmal vorstellen, nicht dass der Eindruck entsteht, ich sei vergesslich: Ich stamme aus der Jahrtausende alten Dynastie der Buchen. Mein Name ist – Buche. Freunde von mir nennen mich auch Grüner Riese. Wenn ich mein Äußeres beschreiben sollte, würde ich sagen; groß, wuchtig in der Statur, noch glatte Haut, nun ja, an der einen oder anderen Stelle ein paar Kerben in der Rinde und ja, auch viele knorrige Auswüchse, dafür ist meine Krone umso schöner und streckt sich stolz himmelwärts. Blätter habe ich so viele, dass ich sie nicht zählen kann, und zur Freude aller kann ich sogar ihre Farben wechseln. Vom satten Grün in leuchtendes, warmes Rotbraun. Bunt geht es bei mir sowieso zu; wenn es mir zu bunt wird, lasse ich einfach die Blätter fallen, um – und das brauche ich – fürs nächste Jahr Kräfte zu sammeln. Seit vielen Jahren gebe ich meine DNA – Bucheckern genannt – an die nächste Buchengeneration weiter. Die Jahresringe in meinem Stamm zeigen mir, wie alt ich bin, aber das will ich nicht immer wissen, und mein Hüftumfang lässt keine Klagen zu. Mit Mutter Erde bin ich fest verwurzelt, sie gibt mir Halt, sie gibt mir zu trinken und zu essen. Und meinen Brüdern und Schwestern, die neben mir stehen, geht es genauso. Und so bilden wir eine Gemeinschaft: Wir sind Wald!

Dass ich auch Kraftspender genannt werde, ist mir spätestens klar geworden, als mich ein Mensch umarmte und seinen Freund nannte. Das lief mir runter wie Regenwasser! Da haben wir uns gefunden, zwei Lebewesen, vereint zu einer, wie ich hörte,

Symbiose. Was immer das sein mag, es hörte sich hochwissenschaftlich an. Aber das war noch nicht alles: Ich soll ein Luftfilter, Wasserspeicher, Ruhepol, Kohlendioxidvernichter, Selbstheilungstherapeut, Blutdrucksenker, Temperaturregler sein und was der Kuckuck noch so ruft. Auf jeden Fall erfüllt es mich mit Stolz, wenn ich helfen kann, die Lebensqualität für mich, für meine Artgenossen, für Mensch und Tier zu verbessern. Eine Heilkraft der Natur soll ich sein. Hört sich gut an. Und so leiste ich meinen Beitrag, Jahr um Jahr, und bin für alle da, um Lebensfreude zu schenken! Und als ich auch noch tätowiert wurde – hier, ich kann es zeigen, ein Herz mit Buchstaben – na, da war im Wald vielleicht was los! Ich glaube, da hatte ich Neider.

Überflüssig zu erwähnen: Den Waldbewohnern biete ich Schutz.

Natürlich ist mir und meinen Freunden auch nicht entgangen, dass an uns Schindluder betrieben wird. Zum Glück setzen sich immer mehr Umweltaktivisten ein – wieder so ein Fremdwort –, die dagegen ankämpfen. An mir, an uns, soll es jedenfalls nicht liegen!

So, jetzt wisst ihr einiges von mir. Das ist meine Geschichte, das ist meine vorgegebene Lebenslinie.

Der Mantelträger

„Achtung, an Gleis Sieben fährt ein Güterzug vorbei. Bitte zurücktreten!"

‚Der Bahnhofslautsprecher klingt genauso erkältet wie ich', denkt der Mann mit hochgestelltem Mantelkragen. ‚Meine Stimme muss sich auch so rau anhören, ist ja auch kein Wunder – bei dem Schmuddelwetter!' Es ist Dezember, und der Wind weht vereinzelte Schneeflocken in die Bahnhofshalle. Die Wartenden sind gut beraten, der Aufforderung nachzukommen, denn es besteht Rutschgefahr. Ein leichtes Zittern ist zu spüren, und wie aus dem grauen Nichts rauscht, nein, donnert der Güterzug, gezogen von einer E-Lok, vorbei. Die Waggons sind voll beladen mit dicken Holzstämmen, Sand, Kies und Eisenträgern. Das Schlusslicht der nicht enden wollenden ratternden Wagenschlange bilden Kesselwagen und irgendwelche Container mit giftigen Substanzen, die hinterher poltern. Das Gleisbett schüttelt sich unter dem rollenden Ungetüm, der eisige Atem des Sogs legt sich auf den Schienenstrang und verschluckt kreiselnd die immer kleiner werdenden roten Rücklichter. Leiser und leiser wird das Getöse der Räder; es hört sich an wie *Keine Zeit, keine Zeit...*

,Da fährt er, mein Kindertraum. Nicht als Lokführer auf einer E-Lok, nein, die gab es damals noch nicht, sondern auf einer Dampflok. Auf einer 44er, die extra für den Schwertransport konzipiert wurde. Was für ein Stahlgigant! Mein Schulfreund Hans-Jürgen und ich', sinniert der Mantelträger, ,wir wollten uns doch die Arbeit teilen. Abwechselnd Heizer und Lokomotivführer. Und wie ernst wir unsere Aufgaben genommen hätten! Das gefräßige Feuerloch brauchte regelmäßig Steinkohlenfutter, um dem Wassertank über dem Feuerschlund richtig einzuheizen – schließlich sollte die 44er bei Laune gehalten werden, um genug Dampf über Kolben auf die Räder zu bringen. Wie das funktioniert, nun, das hätten wir auch noch gelernt! Wir hätten die Schaufeln, die so groß wie Kuchenbleche waren, schon zum Glänzen gebracht! Und dass der Lokomotivführer auch bei Wind und Schnee aus dem Lokfenster heraus kein Signal übersieht, das war ja wohl sonnenklar. Ehrenwort! Den Schrankenwärtern, den Kindern und allen, die uns zu gewunken hätten, na, denen hätten wir über das Grollen der Räder einen Gruß zugerufen und uns lässig an die schwarze Ledermütze getippt. Überhaupt wäre alles an uns schwarz gewesen, sogar das Gesicht von Ruß und Öl gezeichnet. Das hätte uns nichts ausgemacht. Im Gegenteil! Stolz hätten wir uns so fotografieren lassen, am liebsten vor den Stahlrädern, die so groß waren wie wir, oder vor der 44er Lok mit den vom Fahrtwind gebogenen Eiszapfen. Das wären Bilder geworden! Aber hätte, hätte, es hat sich ausgehättet.'

Heute ist der Mantelmann nicht von Ruß und Öl gezeichnet. Nein, wie er gerade entsetzt feststellt, glänzt dafür ein Fettfleck auf dem teuren Wollstoff. O Gott, es sind sogar drei! Und um die Mundwinkel krustet es Senfgelb. Die Bratwurst gab ihr Bestes!

Ob er sich so ablichten lassen würde? Vor einer E-Lok? Wohl kaum.

Und mit Öl durchtränkten Schmutzlappen hat er sowieso nichts mehr am Stoffhut. Auch schwielige Hände sind ihm verschont geblieben. Er ist Techniker bei der Wasserwirtschaft geworden. Die Weichenstellung seiner Lebenslinie zeigte nach der Schulzeit in eine andere Richtung. Geblieben ist die Liebe zu den Dampfrössern, besonders zu der 44er, und der Reiz, der von ihnen ausgeht.

„Achtung, an Gleis Sieben fährt der ICE von München nach Frankfurt über..." Ein durchfahrender Zug auf dem gegenüberliegenden Gleis übertönt den Rest der Durchsage. Der Fleckenmantelmann sieht mit Interesse der schnittigen ICE-Lok entgegen.

Das Foto

Das unbekannte Foto ist in Schwarzweiß. Auf der Rückseite ist in Sütterlinschrift eine Bleistiftnotiz vermerkt: *Alfred Kühn 1926.*

Das Bild zeigt einen festgehaltenen Moment, eine, wie es scheint, fröhliche Familienfeier. Im Vordergrund sitzen und liegen Kinder im Gras. Dahinter sitzen jüngere und ältere Frauen. In der dritten Reihe stehen stramme Männer und junge Burschen; drei von ihnen haben die Hände auf die Schultern ihrer Liebsten gelegt. Eine friedliche, fröhliche Zusammenkunft. So scheint es. Oder täuscht die Fröhlichkeit? Was für Biographien verbergen sich hinter den Gesichtern? Welche Lebensläufe?

Was sieht der Betrachter? Kann man in ihren Augen lesen? Und wenn ja, was?

Sieben Kinder – vier Mädchen und drei Jungen – blicken erwartungsvoll in die Kamera. Im Augenblick ist ihnen die Zukunft egal. Das heißt, nicht ganz. Vielleicht warten sie auf den versprochenen Eisbecher?

Drei ältere Frauen – sind es die Mütter der Männer oder der Frauen? – kämpfen offensichtlich mit klapperigen Korbsesseln. Ihre Garderobe ist der Zeit geschuldet: sie tragen schwarze Schürzen. Arbeitshände ruhen auf dem gewebten Tuch, beanspruchte Finger, von Gichtknoten geplagt. Wie alt sind sie wohl? Schwer zu sagen. Strenge Haarfrisuren und ein noch strengerer Blick. Sind es gar Witwen? Ihre Augen haben schon viel gesehen; sie suchen den Kriegstreiber, den man zur Verantwortung ziehen kann, der ihnen den Mann, den Bruder genommen hat. Müde lächeln sie in die Kamera, wissen, dass der morgige Alltag viel zu früh kommt. Heute aber, heute wollen sie es sich gut gehen lassen.

Die vier jüngeren Frauen – Töchter oder Verwandte – sehen viel optimistischer aus. Und die beiden jüngsten Frauen haben gerade die vielbesungene Jugendzeit hinter sich gelassen. Sie lächeln den Fotografen mit einem Augenaufschlag an, der den Betrachter dahin schmelzen lässt.

Den vier Frauen ist die Feier eine willkommene Abwechslung, wie man an ihrer Haltung und den Augen deutlich erkennen kann. Sie sagen sich: Heute ist heute, und morgen ist morgen. Weiße Blusen und gemusterte Röcke konkurrieren unterein-ander. Wer hat das schönste gestärkte Leinen? Und wer hat zwei von ihnen die Blumen ins wellige Haar gesteckt? Eine dritte spitzt den Mund unter einem gewaltigen Hut, so als wolle sie dem Fotografen zurufen: Mensch, mach hinne, die Kaffeetafel ist aufgebaut! Den beiden jungen Mädchen kann die Eile nur recht sein, gibt es doch hinter vorgehaltener Hand viel zu tuscheln. Weißt du schon, dass Onkel Alfred…

Wie es aussieht, sind alle acht Männer, dem Alter nach noch berufstätig. Drei von ihnen tragen die Tracht der Bergleute. Einer hat sich eine Blume ins Knopfloch gesteckt; das könnte Alfred Kühn sein. Wird sein runder Geburtstag gefeiert, oder wurde er gar zum Sprengmeister befördert? Wer weiß? Zwei jüngere Männer links neben ihm lachen mit umgekrempelten Hemdsärmeln offen in die Kamera. Was kostet die Welt?, fragen ihre Blicke. Sie sehen aus wie Zimmermannsleute, die auf die Walz gehen wollten. Rechts von den Bergmännern stehen drei Herren im Anzug und Weste. Sie scheinen sich nicht wohl zu fühlen. Passen sie etwa nicht in die Gesellschaft, oder ist es umgekehrt? Bei zwei von ihnen lässt sich deutlich ein Parteiabzeichen mit Haken-kreuz am Revers erkennen. Die drei Anzug-träger stehen kerzengerade da, und ihre stumpfen Augen lächeln nicht. Sie malen sich nur die von ihnen erhoffte, herbei ge-brüllte Zukunft in rosaroten Farben aus. Schließlich können sie nicht wissen, dass alles in Blutrot enden wird. Oder etwa doch?

Einer der Bergmänner hebt den Kopf etwas, und seine Nase über dem Schnurrbart schnuppert Kaffeeduft. So könnte der Be-trachter es deuten. Den anderen Bergleuten und den beiden jungen Burschen dauert die Fotoprozedur zu lange. Zwischen ihnen lugt ein Flaschenhals hervor. Lasst uns end-lich anstoßen! Ist es 44%er Korn?

Der Betrachter des Bildes spricht zu ihnen: Alfred Kühn, was ist aus dir und der Fami-lienfeier geworden? Hoffentlich habt ihr noch lange gefeiert! Dunkle Wolken sind aufgezogen! Eure Lebenslinien wurden in ein Chaos gestürzt, an dessen Folgen wir noch heute kranken!

Wie sich die Zeiten ändern

Ecke Bahnhofstraße / Kaiser-Wilhelm-Straße 47 hat Brauereibesitzer Hicks die Unterlagen für den Bau seiner Villa eingereicht. Wohlwollend prüft Stadtratsamt Dr. Schimmel, Monokel fest links fixiert, Vatermörder leicht gelblich belastet, die Unterlagen. Stempel *Genehmigt*, Unterschrift, Datum 17. Mai 1870 – so gibt er rot auf weißem Papier seinen Segen.

Das Fundament wird unter der strengen Aufsicht des Poliers Friedrich Stein, Angestellter der Baufirma Kiesel, von elf Maurergesellen gegossen. Schaufel, Sand, Zement, Schubkarren, zwölf Stunden Arbeitstag werden zur Pflicht. Frühstückspause um halb zehn.

Und immer um die gleiche Zeit kommt Fräulein Knicks, um die 27 Jahre jung und beim hochverehrten Tuchhersteller Weber in Anstellung, mit ihrem gefüllten Korb nach dem Markt vorbei. Nicht eben mundfaul rufen Polier und Gesellen ihr zu: „Na, Gnädigste, wollen wir nicht mal zusammen Picknick im Grünen machen?"

Ihr Kommentar mit rauschenden Röcken und spitzem Mund: „Pöö!" Ja, der eine, denkt sie, mit dem vielleicht…

Der obligatorische anerkennende Pfiff der Bauarbeiter folgt ihr auf dem Fuße.

Für Ecke Bahnhofstraße / August-Bebel-Straße 47 prüft der Kriegsversehrte Engel (Unterschenkel durch Granatsplitter weggerissen) rauchend den Antrag auf benötigtes Baumaterial zur Ausbesserung der Hausfassade. Sichtbare Kriegszerstörungsspuren sollen nach und nach aus dem Blickfeld verschwinden. Hemdsärmelig drückt am 12. August 1950 Herr Engel, Mitarbeiter der Stadtverwaltung, dritte Etage links, Tür 105, den Stempel *Genehmigt* aufs Antragspapier.

Polier Paul Kiesel und Maurer Gesellen beseitigen unter dem betriebseigenen Werbebanner *Firma Günther Dampf, Telefon: 254328, Qualitätsarbeit Stein auf Stein* Kriegswunden. Der Betonmischer, Fassungsvermögen 160 Liter, erleichtert die Arbeit. Zehn, auch mal zwölf Stunden Arbeit sind keine Seltenheit. Frühstückspause um halb zehn.

Und immer um die gleiche Zeit radelt Frau Fröhlich, so um die 27 Jahre jung, mit offener, bunt bedruckter Kittelschürze vorbei. Sie arbeitet in der Bäckerei Brezel und beliefert hungrige Kunden.

„Na, Frau Sausewind, wie wär's heut Abend mit uns zwei?", schallt es vom Baugerüst.

„Keine Zeit", ruft sie zurück. Der eine da oben, denkt sie, der mit der Schlägermütze, mit dem, ja.

Der obligatorische anerkennende Pfiff der Bauarbeiter folgt ihr auf dem Rad.

An der Ecke Bahnhofstraße / Distelweg 47 lädt ein LKW Dämmmaterial ab. Sachbearbeiter*in Frauke S. (aus datenschutzrechtlichen Gründen kann ihr Nachname nicht genannt werden) prüft in ihrem Büro der Stadtverwaltung die Bewilligung der Fördermittel für das ehemalige Hicksche Haus. In ihrer Amtsstube die nicht zu übersehenden Sprüche an der Wand: *Nein Danke. Kein Atomstrom* und *Ausstieg aus der Braunkohle – jetzt*. Der Kaktus, ganzer Stolz der Bobfrisurträgerin, läuft vor Freude noch grüner an, als der Stempel mit Schmackes den Antrag besiegelt. Datum 4. Januar 2020.

Der Auftrag wird von der im Internet zu findenden Firma Baun-und-staun@.de ausgeführt.

Polier Sürtü Gürtü und fremd sprechende Handwerker kleben Dämmung nach Vorschrift an. Der Kran hebt mühelos Dämmpaletten in gewünschte Höhe. Arbeitszeit gewerkschaftlich geregelt, 8 Stunden – wenn es dabei bleibt. Frühstückspause um halb zehn.

Und immer um die gleiche Zeit kommt eine Frauen*gruppe, so um die 27 Jahre jung, aus der   nahegelegenen Kaderschmiede (Universität der Deutschen Sprachwissenschaft) vorbei. Manche am Müsliriegel knabbernd, andere Smoothie trinkend.

Polier und Gesellen lassen wortlos die Parade der Schönen an sich vorbeiziehen. Sie hüten sich, auch nur ein Wort zu sagen.

Es könnte ja verkehrt ausgelegt werden; eine Anzeige wegen sexistischer Anmache wäre die Folge.

Die Frauen*gruppe geht stumm an den Bauleuten vorbei. Der obligatorische anerkennende Pfiff der Bauarbeiter, bei so vielen Schreib-Sternen-Lernenden, bleibt aus. Er ist verglüht

(Frauen*gruppe:, am Substantiv Frauen hängt der Stern. Mit dem Stern werden explizit auch alle nicht Cis-gender-Frauen angesprochen. Cis-gender-Frauen, das sind Frauen, deren „eingetragenes Geschlecht mit dem Geschlecht ihrer individuellen Geschlechtsidentität übereinstimmt.

Der Heimatbesuch

I

Zum Ferienhaus *Am Rittertor* ist meine alte Schule umgebaut. Die Treppe hoch, erster Stock rechts, so wie früher, versuche ich, in den Klassenraum zu kommen, in dem meine schulische Laufbahn begann. Heute ist er als Schlafzimmer eingerichtet, in das ich als Gast – nicht mehr ganz so flink – über die Treppe hinaufsteige, um mich zur Ruhe zu begeben. „Eigenartig", denke ich, „hier sind mir schon früher die Augen zugefallen." Das hatte aber nicht am Unterrichtsstoff gelegen, sondern am wärmenden Ofen, den wir Kinder in der kalten Jahreszeit mit Holzscheiten und Kohlen füttern mussten. So spuckte der Ofen behagliche Wärme, und für uns Schulkinder spukte Lilo und Susi und Hans durch die Fibel und ließ mangels Sauerstoff (irgendeine Entschuldigung brauchte man ja schließlich) unsere müden Augen immer schwerer werden, immer schwerer, schwerer...

Im Juli 1952 wird in der DDR durch Beschlüsse der 2. Parteikonferenz der planmäßige Aufbau des Sozialismus durch Arbeiter und Bauern vom SED-Chef Walter Ulbricht gefordert.

Im September des gleichen Jahres werde auch ich von Wilhelm Pieck, dem Präsidenten der DDR, auf meiner Einschulungsglückwunschkarte in Form einer Briefmarke aufgefordert, zum Gelingen beizutragen. Ohne mich vorher zu fragen, was ich gar nicht lustig fand. Also musste ich mich als ABC-Schütze in die Reihen der Werktätigen einreihen. Modisch gekleidet, Kunststoffsandalen, Kniestrümpfe, kurze Lederhose, gehalten von Querspange mit röhrendem Hirschen, einfarbiges Hemd, Klemme in den Haaren. So begann meine *Lehre* mit Buchstaben und Zahlen, mit Fibel, Schiefertafel, Griffel und Schwamm. Ich wurde Arbeiter.

Und ich wurde auch noch Geher im hauseigenen Sportklub (GhM): Geh, hol Milch. Nach und nach fühlte ich mich als Kind der Ackerfurche, weil meine Klassenleiterin ständig neue Buchstaben und Zahlen aussäte und sich bald darauf Früchte einstellen sollten. Ich wurde Bauer.

Und ich wurde zusätzlich im Schulfach Singen als Sänger ausgebildet, der mit

Inbrunst und noch mehr Kehle laut sang: *Im Märzen der Bauer die Rösslein anspannt...*

Also hatte ich die Vorgaben planmäßig erfüllt. Übererfüllt. Arbeiter, Bauer, Sportler und Sänger. Ob Ulbricht und Pieck je davon erfuhren, entzieht sich meiner Kenntnis. „Wer was zu sagen hat, der melde sich und sagt es mir", ermahne meine Lehrerin. So stellte ich mich ihr als durchgeschwitzter, sportlicher Arbeiter mit Hammer und Amboss und singender, sonnengebräunter Bauer mit Sichel und Ährenkranz.

Einer wachte über allem – Väterchen Stalins Porträt. Keine Sekunde ließ er uns Lernwillige aus den Augen.

Der Schulweg war von Rotdorn gesäumt. Kerzengerade, in strammer Haltung, in gleichen Abständen, schwer die Kronen in der Blütezeit, nahm er die Parade ab – auf dem Hinweg zur Schule die Parade stiller Schüler und auf dem Rückweg die lärmender Schulkinder.

Rotdorn säumt noch heute die Straße und nimmt die Parade von Einheimischen und Besuchern ab. Und von mir.

II

Der Wald hinter mir atmet Herbst. Bunt, in warme, satte Farben getaucht, leuchten Bäume und Sträucher um die Wette. Auf einem Rundweg über der Stadt sitze ich, von der Sonne verwöhnt, auf einer Holzbank. Genau dem herrschaftlichen Schloss gegenüber. Blitzende Fensterscheiben zwinkern mir zu, wollen sagen: „Ätsch, früher war ich das FDGB Erholungsheim *Comenius* (1592 bis 1670 tschechischer Pädagoge Jan Amos Komensky) für erholungssuchende Werktätige, die bei der Erfüllung und Übererfüllung eures Volkswirtschaftsplans Erholung suchten. Falsche politisch-wirtschaftliche Entscheidungen machten mich dann zu einem Sanierungsfall. Mein Schicksal schien besiegelt. Zum Glück kam die Wende. Wie ihr sagt, die friedliche Revolution. Der Fürst von Stolberg, mein ehemaliger Besitzer, verzichtete zu Gunsten der Deutschen Stiftung auf Denkmalschutz. Finanziell hätte er das nicht geschultert. Und so erstrahle ich heute immer mehr in neuem Glanz. Hast du nicht als Kind gelernt: Alles gehört dem Volk? Und nun ist das Ergebnis bekannt: Ihr als Volk habt es vermasselt! Ach, ehe ich es vergesse: Hast du eigentlich gewusst oder habt ihr in der Schule gelernt, dass aus meinem Haus das niederländische Königshaus hervorging? Durch Gräfin Juliana zu Stolberg, durch Heirat. Ich antworte dem Schloss wahrheitsgemäß: „Nein und selber ätsch, das wurde damals in keinem Lehrbuch erwähnt, obwohl es sich doch eigentlich für Heimatkunde gehört hätte. Über dich habe ich gelernt: 1945 enteignet, Junkerland durch Bodenreform dem Volk übergeben. Punkt. Aber dafür bin ich durch ein aufgebrochenes Fenster – du verzeihst, es war ja sowieso schon halb durchgefault – in deine verbotenen, abgesperrten Gemäuer geklettert und habe meinen Namen in deine Wand geritzt. Da könnte ich dir noch weitere Geschichten erzählen: von der Schlappschleuder (Zwille) und so, aber geschenkt! Und dass du es weißt: Mit dem Schlossgespenst bin ich noch heute befreundet. Und mit Thomas Müntzer, dem großen Sohn dieser Stadt, den deine Grafen damals – im Mittelalter – mit aufs Schafott gebracht haben, mit dem fühlte ich mich eng verbunden." Höre ich da ein leises „Ich weiß"?

Wuchtig steht, fast mittig auf einer kleinen Anhöhe, nicht weit vom Marktplatz

entfernt, die Sankt-Martini-Kirche. Orgel-
musik schallt zu mir herüber. Ein Organist
scheint alles zu geben. Das Dach droht sich
zu heben, die bleiverglasten bunten Fensterscheiben haben ihre Farben und das
Kreuz verloren; als höchster Punkt auf dem
Turm dreht die Wetterfahne sich in alle
Richtungen.

Linker Hand von mir schlägt die Saiger-
turmuhr des ehemaligen Schutztors der
Stadt; schlicht, schlank, schnörkellos die
Zeit.
Rotbraune Dachziegel schmücken Jahrhun-
derte alte Fachwerkhäuser. Wand an Wand
geschmiegt, geben sie sich Halt. Gedämpf-
ter Straßenverkehr, unterschiedlichste Ge-
räusche überlagern die Stille. Ich kann Kinder, Frauen und Männer erkennen. Warum
gehen sie gebeugt? Lesen sie in einem Ge-
bets- oder Gesangbuch? Nein! Ich habe
mich geirrt! In Handys und Smartphone
vertieft, bleibt ihnen die Perle des Südhar-
zes verborgen.

Dort, einen Steinwurf entfernt, hat mein
Baum gestanden, dem ich alles anvertraut
habe. Es gibt ihn nicht mehr. Aber Neues
wächst an der Stelle und vielleicht

verfangen sich in seinem Geäst, so wie früher, Träume und Wünsche. Den Berg hinab über den Bach hinweg, da unten, in dem Haus habe ich gewohnt, meine Freizeit verbracht und meine Hausaufgaben zum Wohle aller Werktätigen in Schönschrift verfasst. Da das Gelehrte im Widerspruch zum Alltag bestand, waren Zweifel angesagt. Ob die Lehrer selbst daran geglaubt haben? Klare Antwort: nur wenige! Verbotene westliche Sender berichteten über politische und wirtschaftliche Missstände, die ein Jahr später – am 17. Juni 1953 – zu Unruhen führen sollten. Meine Kraft bestand jedenfalls darin, nach der Schule erst einmal ausreichend für Brennholz zu sorgen. Die Winter waren lang, und Dämmmaterial, zur damaligen Zeit ein Fremdwort, war nicht vorhanden.

So gehen einem viele Gedanken durch den Kopf. Es sind die Momente, in denen einem warm ums Herz wird. Hier fing alles an, und ich werde das Gefühl nicht los, als hätten neben mir auf der Bank noch welche Platz genommen, die nicht mehr da sind. Die das ewige Licht sehen. Höre ich etwa leise und einfühlsam das Lied, das meine Mutter sang: *Heimat, deine Sterne*? Was könnten mir die Unsichtbaren erzählen? Ich frage sie lautlos, ob am anderen Ufer der Ewigkeit auch Veilchen und Kirschbäume blühen? Und hat dort der Glockenschlag einer Turmuhr eine andere Bedeutung? Ist da die Zeit sogar zeitlos? Blüht dort auch der Rotdorn in strammer Haltung? Gibt es bei euch auch so viele himmlische Baustellen? Wir hier auf Erden haben enorm viele davon, die großer Kraftanstrengungen bedürfen: Klimaschutz, Pflegenotstand, Energiewende, Umweltschutz, Integration, Rentenpaket, Rechtsextremismus, Terrorbekämpfung. Mit solchen Fremdwörtern brauchte ich mich früher in der Schule noch nicht herumärgern.

Was ruft mir in diesem Augenblick das Schloss zu? *„Nichts bleibt, wie es ist, alles unterliegt Veränderungen, siehste ja an mir."*

Kranichrufe wecken mich aus meinen Gedanken. Wenn ich ihr Rufen richtig deute, heißt das soviel wie *Carpe diem et respice finem – Nütze den Tag und bedenke das Ende!*

Na dann! Aber vorher gehe ich noch einen Kaffee trinken, versüßt mit VEB Feingebäck – ach, Entschuldigung: natürlich mit

Stolberger *Friwi*-Gebäck. (Familienbetrieb
seit 1891!)

Hermine und Rudi

„Rudi, bring zwei Kissen mit! Mir tun schon die Ellenbogen weh. Ja, so ist es besser. Gleich durch ein anderes Fenster gucken. Siehst du den von schräg gegenüber? Der muss im Lotto gewonnen haben! Das Auto ist zwar nicht neu, aber ein Wartburg muss es ja sein. So ein Angeber, was der da fährt! Ich möchte zu gern wissen, wovon der sich das leisten kann? Ob der mit Westgeld geschmiert hat? Wenn das Ulbricht erfährt! Jedenfalls, angezogen geht er wie ein Hungerleider. Und rauchen tut er auch noch. Man sieht es ja auch an den Gardinen, quittegelbe Dinger. Guten Tag, Frau Brocke! Na, schon so früh auf den Beinen, wohl Urlaub auf Schein? Ja, ja, hier im Hochparterre bekommt man so einiges mit. Was meinen Sie? Wir sollten uns um unseren eigenen Kram kümmern? Also das müssen *Sie* uns ja wohl nicht sagen! Sie, Sie – wohnt eigentlich Ihr Mann wieder bei Ihnen?"
„Hermine, jetzt hast du es der Ollen aber gegeben. Mit der möcht ich nicht verheiratet sein, noch nicht mal geschenkt! Und humpeln geht überhaupt nicht. Verdammt noch mal, wo sind denn meine gelb

karierten Pantoffeln? Gibt es heute schon wieder Aufgewärmtes?"

„Na, du bist aber lustig, eines geht nur."

So oder so ähnlich wurden Mitmenschen aus dem Fenster heraus liebevoll bedacht. Damals.

Und wie läuft es heute, im Hochparterre?

Jaqueline und Kevin

„Kevin, bring die zwei Kissen in Stellung, Fernsehen! Erst *In alter Freundschaft*, dann *Der Rosenkrieg*, und später ziehen wir uns noch *Richter sprechen Urteil* rein. Hast du schon gewusst, dass der von schräg gegenüber ein neues Auto fährt? Kriegt der nicht Stütze? Dürfen solche Leute eigentlich Lotto spielen? Rauchen tut er auch noch! Bring doch das große Glas Nougatcreme mit, das vom letzten Geburtstag, auch wenn alle wissen, ich hab Zucker. Die alte Brocken grüßt auch nicht mehr, hat nicht ihr Alter sie verlassen? Ist dir aufgefallen, dass sie jetzt die Lippen schminkt – und humpeln tut sie auch nicht mehr!"

„Jaqueline, wenn ich mich um solche Sachen auch noch kümmern soll, verpassen wir den neuesten Blockbuster, und der geht ja wohl vor, was? Verdammt noch mal, wo sind denn meine gelben Sneakers? Hast du eigentlich den Pizza-Lieferservice schon angerufen?"

Die Frage ist nur, in welchem Wohnzimmer der Lebensabend wohl prickelnder war oder ist?

Müntzers Botschaft

Es durchfuhr mich wie ein Blitz, als ich beim Durchblättern des Fernsehprogramms auf diesen Hinweis aufmerksam wurde: MDR 10.Juli 2017, 22:05 Uhr:*Thomas Müntzer,* Historienfilm, DDR 1956.

Drei Wörter, ein Datum, eine Uhrzeit, zwei Kürzel versetzten mich schlagartig einundsechzig Jahre zurück.

Zurück in die Zeit,als ich noch Schüler der vierten Klasse in der Stadt war, deren berühmtester Sohn Thomas Müntzer 1489 geboren wurde - in Stolberg im Harz. Dass meine Schule seinen Namen trug, war Ehre und Verpflichtung zugleich, da wir Kinder zu seinen Idealen für mehr Gerechtigkeit zwischen arm und reich beitragen wollten. Wie, war zunächst nicht klar, klar war aber, dass es sich in meiner Klasse wie ein Lauffeuer herumsprach: „Nächste Woche läuft in unserem Kino ein Film über Thomas Müntzer."

In heller Aufruhr, mit Herzklopfen und Spannung fieberten wir dem Ereignis entgegen. Bunte Kinoplakate warben, versprachen: Das wird ein Knüller, das wird ein Ding!

Und was das für ein Knüllerding wurde! Wann kamen wir Kinder denn schon mal ins Kino? Einfach mal so zwischendurch? Noch dazu, um einen Film zu sehen, der mit Müntzer aus Stolberg zu tun hatte!

Bange Fragen kommen auf. Wie wird er wohl aussehen? Hat er auch so eine Kappe auf wie das steinerne Denkmal am Bahnhof? Oder wie er in Büchern und auf Postkarten abgebildet ist? Wird mehr der Geistliche oder mehr der Anführer der Bauern in den Vordergrund gerückt? Wie wird der Bauernkrieg dargestellt?

In unserer Schule und auch in den Geschichtsbüchern wurde er als aufrechter Streiter für das Gemeinwohl und die Rechte des einfachen Mannes, als Verfechter des reformatorischen Gedanken, als Heerführer seiner Getreuen, als Revolutionär dargestellt?

Ja, und mit diesem Geschichtsbewusstsein sitzt die versammelte Klasse nun andächtig still im Kinosaal. Der riesige Vorhang schiebt sich zur Seite, und auf der

Leinwand - ich schwöre, genau *so* habe ich mir Thomas Müntzer vorgestellt.

Das markante Gesicht, in den blauen Augen blitzen Zorn, Güte, Weisheit. Die Kopfbedeckung ist tatsächlich wie die vom steinernen Mann unten am Bahnhof. In ein schwarzes Priestergewand gehüllt, hält er redegewandt seine Predigten für alle verständlich ab. Benennt Unrecht, erklärt dem versammelten Volk, dass es nicht Gottes Wille ist, arm zu sein und zu bleiben.

Ich gebe zu, alles habe ich nicht so ganz verstanden. Bei bestimmten Dialogen und Redewendungen konnte ich den Sinn nicht erfassen. Ist ja auch ein schwerer Stoff! Aber schon als Viertklässler ist es mir nicht entgangen, um was es in dem Film ging: Armut und Reichtum. Herr und Knecht. Völlerei einerseits, Hunger und Elend anderseits. Erpresste Abgaben von denen, die ohnehin nichts haben. Goldene Kelche und Silberbestecke für Burg und Schloßbewohner. Gewollte Unwissenheit für die unterste Schicht, vererbtes Unrecht.

Und so sitze ich, nein, werde ich immer kleiner auf meinem Platz und möchte dem Mann auf der Leinwand zurufen. „Merkst du denn nicht, dass du von Verrat, Intrigen, böses Tun umgeben bist?"

Nein, er hört es nicht. Freunde werden zu Feinden. Luther, einst Mitstreiter, wird zum Gegner. Besetzte Fürstenhäuser schwören auf die Fahne der Unterdrückten dem Bundschuh Meineide. Sie wollen, dass Unterhändler der Bauernabteilungen ins offene Messer laufen. Wollen, dass ihr Verrat belohnt wird, wollen, dass der gefürchtete Gegner für immer zum Schweigen gebracht wird. Und so mußte es kommen, wie es kommt. Ehemals wichtige schlagkräftige Verbündete wenden sich ab; sie laufen scharenweise den Versprechungen der Fürsten von Sachsen, Mansfeld, Hessen und wie sie sonst alle heißen, hinterher.

So wird die Schlacht bei Frankenhausen zum aussichtslosen Kampf. Das Bauernheer wird vernichtend geschlagen, die grausame Rache der Fürsten ist die Folge. Gnade wird zum Fremdwort erklärt. Unter Tränen muß ich das Henkersschwert über Thomas Müntzers Kopf sehen. Der Regenbogen, zum Beginn der Schlacht als Zeichen des Himmels gedeutet, wurde kein

Glücksbringer. Müntzer wird am 27. Mai 1525 hingerichtet.

Der Film ist aus. Schweißgebadet, mit voll geschneuzten Taschentüchern geht jeder still für sich nach Hause. Auf der Straße fällt mein Blick auf unser Schloß und ich frage mich, was der Besitzer in dieser Zeit für eine Rolle gespielt hat. Mein Weg führt mich auch am Geburtshaus des Revolutionärs vorbei. Dort erinnert eine Gedenktafel an den Sohn der Stadt. Habe ich mich davor verbeugt?

Lange beschäftigte mich der Film. Die Quintessenz: Wie lange wird der Weg der Gleichberechtigung, den Müntzer beschrieben hat, sein? Wann wird er zum Erfolg führen? Wird seine Botschaft überall gehört? Will sie jeder hören?

Tja, so war das vor 61 Jahren. Die Fragen sind geblieben.

Und heute? Zunächst war es ein Wiedersehen mit bekannten Schauspielern, die ganze Generationen begleitet haben. Und mit was für Augen verinnerliche ich den Film, was für Eindrücke von damals halten einer Prüfung stand?

Wenn ein Regenbogen mit dem Blau des Himmels konkurriert, sehe ich in seinen leuchtenden Farben - und das ist bis heute so geblieben - das Symbol des Freiheitskampfes und denke dabei manchmal an den Film meiner Kindheit zurück. Entfallen war mir die Redewendung, die im Film so herrlich interpretiert wird: „Wenn ein Regenbogen sich zeigt, ist es die Verbindung von Himmel zu Erde, ist es die Verbindung von Gott zu Mensch."

Friedrich Wolf lässt uns in seinem 1956 gedrehtem Film durch Müntzer sagen: „Wünsche, Hoffnungen, Träume wachsen wie der Mensch in der Zeit – niemals aufgeben. Vom Bodensee über das Allgäu nach Thüringen, von Sachsen bis nach Hessen - laßt uns eine Allianz schmieden, mit dem Ziel deutsche Einigkeit, einheitliches Recht länderübergreifend herzustellen."

(War das Mitte der fünfziger Jahre eine versteckte Botschaft in Bezug auf Ost-und Westdeutschland? Kommt nicht schon damals versteckte Kritik, Anklage am bestehenden SED-System nicht schon zum Ausdruck?)

Luther, und das kommt im Film klar zur Geltung, hat zur Durchsetzung der Bibel in der deutschen Sprache mit seiner Übersetzung aus dem Lateinischen beigetragen. Messen werden verständlicher abgehalten, die Muttersprache wird durch Kerzenschein und Weihrauch nachvollziehbar. Müntzer folgte diesen Beispielen konsequent.

Freunde waren die beiden nur kurze Zeit. Luther, einst Mitstreiter, schlug sich auf die andere Seite des Aufstandes. Wie sagten die Grafen und Fürsten unter Gelächter: „Aus dem Falken von Worms wurde eine Wittenberger Nachtigall." Dennoch besaß die Nachtigall so viel Kraft, um zu jubilieren: „Schlagt die aufrührerische Brut tot."

Müntzer indes wollte Falke bleiben, wollte nicht den Pakt mit den Landesfürsten. Er vertrat fest und unerschütterlich die Meinung: „Teilt, ihr Herren, gebt ab von eurem Reichtum, was ihr nicht erarbeitet habt, gebt Rechte! Wie steht es in der Bibel: Vor Gott sind alle gleich. Die Willkür muß ein Ende haben; laßt genug Land, Fisch und Fleisch denen, denen ihr nehmt. Nicht das ist Gottes Wille was ihr euch höhnisch an satter Tafel weinselig zugrölt: Sie leben vom Glauben, die Tölpel."

Forderungen des gemeinen Volkes bleiben Wunsch; die Burgherren weichen keinen Zentimeter von liebgewonnen Pfründen ab. So kommt es unausweichlich zum einseitig geführten Kampf. Der Bauernaufstand endet im Gemetzel, Kanonenkugeln nicht rohrtauglich, Schießpulver wird durch Sabotage unbrauchbar gemacht, kampferprobte Reiterstaffeln stehen nicht zur Verfügung.

Die letzten Bilder im Film zeigen - was leider heute noch in einigen Ländern Realität ist- schwarze Gesellen: Die Raben finden auf dem Schlachtfeld genügend Futter, sie krähen den Erschlagenen das Totenlied. Erhängte baumeln in den Bäumen, Rauchschwaden wabern drüber weg.

Und so lässt sich feststellen: Thomas Müntzer würde sich auch nicht heute verbiegen lassen. Er würde uns sagen: „Unrecht muß benannt werden, Brot und Wasser allen, Gleichberechtigung für Frau und Mann, Gottes geschaffene Welt ist keine Müllkippe, Meinungsfreiheit und Bürgerrechte sind nicht verhandelbar, beendet alle

Kriege." Und dann würde er noch hinzufügen „Schmiedet Schwerter zu Pflugscharen um, damit ich nicht zum zweiten Mal geköpft werde!"

Nur die Schwalben sind frei

Sein Vater war Bauer, der Opa war Bauer,
alle seine Vorfahren haben die Ackerfurche
gezogen. Haben gesät, geerntet. Sommer
wie Winter. Arbeit von früh bis spät.
Krumm waren ihre Rücken durch kräfte-
zehrende Anstrengungen. Schwere Acker-
gäule zogen Pflug und Egge. Schweiß von
Tier und Mensch düngte steinigen Boden.
Schwielen überzogene Hände prüften rei-
fendes Korn, sagten: Bald kommt die
Stunde des Schnitters, die Hauptsaison eines jeden Bauern. In der kalten Jahreszeit
ziehen Kaltblüter gefällte Baumstämme aus
unwegsamen steilen Waldgelände durch
kniehohen Schnee. Finanzieller Nebener-
werb, sauer erarbeitetes Deputatholz für
strenge Winter.   In
den vom Wetter gegerbten Gesichtern spie-
geln sich die Jahreszeiten wider. Bartstop-
peln überziehen tiefe Falten, sichtbare Zeichen eines Zwölf -bis -vierzehn Stunden-
Tages. Müde und kaputt vom vollbrachten
Tageswerk. Kurz ist die Nacht; um vier Uhr
in der Früh beginnt alles von vorn. Schnell
einen Becher Malzkaffee, Brot mit Rüben-
saft, dann das Vieh füttern, die Ställe

ausmisten, die Kühe von Hand melken, die Pferde anspannen, den Leiterwagen mit Getreidesäcken beladen. Der heutige Vormittag gehört dem Müller. Rückweg über die gemähte Wiese – Heu wenden. Brotzeit nebenbei, am nahe gelegenen Weiher Pferde tränken. Bauernalltag.

Fluchen und hadern mit ihrem Schicksal ist keine Seltenheit. Eingezwängt und fest geschnürt ist das Korsett, alles unterliegt festen Abläufen. Die Natur ist der Arbeitgeber, sie bestimmt die Regeln, ein Ausbrechen ist unmöglich.

Nur die Schwalben, immer wiederkehrende Gäste sind frei.

Und mit so einer Bürde wurde Kurt Mitte des neunzehnhundertdreißiger Jahre geboren, hat mit der Muttermilch das Leben auf dem Hof seiner Eltern aufgesogen, ist männlicher Nachwuchs, ist automatisch Erbe von viel Land, von viel Arbeit.

Holzpferde ist sein beliebtes Spielzeug, später versteckt er sie in Schubläden.

Man kann ja nicht wissen - vielleicht für später!? Schulzeit Klasse erst eins bis vier, dann fünf bis acht gemischt in einem

Klassenraum. Kirmes, Kettenkarussell und Schießbuden mit dem zu erwartenden Papierblumengewinn ist der Jugendzeit vorbehalten.

Pferde werden seine Leidenschaft, später kommen Brieftauben hinzu. Kurt ist nun ein junger Mann.

Eine Frau tritt in sein Leben, seine Frau. Das große Haus mit angrenzenden Stallungen und Garten wartet auf Nachwuchs. Vergebens. Die Ehe bleibt kinderlos.

Anfang der sechziger Jahre sollen und müssen die Eigentumsverhältnisse der restlichen privat verbliebenen wirtschaftenden Bauern abgeschlossen werden. So der Beschluß der SED- Führung. Vater und Sohn Kurt müssen Ländereien in die landwirtschaftliche Produktionsgenossenschaft überführen. Kurt ist ab sofort LPG-Mitglied.

Die Arbeit in der Genossenschaft ist genau so anstrengend wie zuvor. Ende der achtziger Jahre kann Kurt nicht mehr. Er fängt in einem Sägewerk eine leichtere Tätigkeit an. Seine Berufung, seine Bestimmung als Bauer muß er aufgeben. Sein Rücken und

Becken ächzen: Es geht nicht mehr. Verrückt nach Pferden wie er ist, tauscht er schwere Arbeitspferde gegen leichtere Warmblüter. In dieser Zeit erlebt Kurt nicht nur seine eigene Wende, sondern auch eine andere Wende von historischem Ausmaß. Die DDR gibt es nicht mehr.

Enteignete Ländereien werden wieder an die rechtmäßigen Besitzer zurückgegeben. So auch Kurt. Nun ist er wieder reich an Feld, Wiese und Acker. *Was soll ich aber, was kann ich mit der Scholle, die seit Generationen im Familienbesitz ist, noch anfangen? Meine Kraft ist verbraucht.*

Die Lösung ist ein Pachtvertrag mit einem Bauer, der Interesse zeigt. Für Kurt bleibt die Leidenschaft zu Pferden. Er bietet Kremserfahrten an. Dennoch täuscht es nicht darüber hinweg, dass das auch mit Arbeit verbunden ist: die Rundumversorgung von allem, was auf dem Gehöft kreucht und fleucht. Seine Frau mahnt: Tritt kürzer!

Mehrere Krankenhausaufenthalte zermürben, zehren an der Gesundheit. Offene Beine, Blasenleiden, Nierenleiden, Hüftoperation, ein krummes Rückgrat.

Schmerzgeplagt muß er wohl seinen Entschluß gefaßt haben: *Ich will und kann nicht mehr.*
So steht es im Abschiedsbrief.

Seinem Umfeld täuschte er vor, dass alles bestens sei. So ahnte auch niemand, was er vorhatte, als er die Pferde verkaufte und der Taubenschlag geschlossen wurde. Es sollte so aussehen, als würde er kürzertreten. Für ihn stand fest: Ein Leben mit Schmerzen, mit Tabletten, ohne die innig geliebten Vierbeiner? Niemals! Über dem Pferdestall, da, wo früher Korn trocknete, war ein Strick Zeuge der Tat.

Viele Jahreszeiten waren sein Freund und Gegner. Diese Naturelemente hatten bei ihm eine doppelte Bedeutung: Bauer sein.

Im Rückblick scheint seine Vergangenheit aus der Zeit gefallen zu sein, die Gegenwart war nicht reparierbar, die Zukunft undenkbar.

So starb Kurt mit dem Wissen, der letzte Bauer seiner Familie zu sein. Es war ihm nicht vergönnt, den Staffelstab an Nachkommen zu überreichen.

Kurts Frau starb wenige Jahre später. Haus, Hof und Land erbt ihre Verwandtschaft.

Heute weht ein Wind über seine Ländereien, er erzählt von Kurts schwerer Arbeit und von der Liebe zu seinen Pferden. Hat die Wolke nicht die Form einer Taube?

Kurts Freitod. Wie konnte es dazu kommen?

Ein Versuch, eine Antwort zu finden.

Es soll bald wärmer werden

Der Wind weht einen Zeitungsfetzen über den Bürgersteig. Darauf kann man noch entziffern: *Es soll bald wärmer werden.*

Na hoffentlich! Lange genug hatte der Winter alles im Griff. Die grauen Wolken lassen jedoch nicht Gutes ahnen. Noch ein paar ungemütliche Wochen, dann ist der Spuk vorbei. Endlich, endlich Frühling!

Kirschblüten, Tulpen, Gänseblümchen, Buschwindröschen, so ist die Erwartung landauf, landab. Riecht es nicht schon nach lauer Frühlingsluft? Ist Dehnen und Strecken der wintermüden Glieder noch zu früh? Nein, von mir aus könnte es schon morgen soweit sein. Ich hätte nichts dagegen, denkt der Zeitungsleser.

Doch nach einigen Schritten überlegt er: Hoppla, lassen sich die Worte nicht auch anders deuten? Ist vielleicht die Erderwärmung gemeint? Na, dann Prost Mahlzeit! Das wäre ja genau das Gegenteil von dem, was ich mir gerade so schön ausgemalt habe. Drückt der unbekannte Schreiber gar eine Drohung aus? Meint er mich? Soll ich mich selber an die Nase fassen? Fragt er, welchen Beitrag ich zu leisten bereit bin, damit es nicht bald wärmer wird? Wissenschaftler mahnen eindringlich vor dem Abschmelzen der Polkappen mit all seinen Folgen. Der steigende Meeresspiegel engt den Lebensraum der Eisbären in der Arktis, den der Pinguine in der Antarktis ein. Solche dramatischen Folgen sind für *alle* spürbar. Mit dem Klimawandel kommt mehr Luftverschmutzung, die Pollenallergie nimmt zu, heimische Pflanzen werden verdrängt, die Kohlendioxid-Konzentration verdichtet sich, fremde Insekten bedrohen Bienen, unser Ökosystem ist aus dem Gleichgewicht. Der Wald schwebt in großer Gefahr, der Sandkasten ist belastet. Wollen wir so was an unsere Enkelkinder weitergeben?

Bei solchen Gedanken bekommt der Papierfetzenleser weiche Knie. Die meinen ja *mich*! *Ich* soll meinen Lebenswandel überdenken. Ich soll, ich *muss* achtsamer mit den geschenkten Ressourcen umgehen. Lebenswandel und Lebenslinien gehen Hand in Hand.

Aus einem Autoradio heraus schallt es: „Es soll bald wärmer werden, die Wintersachen

können eingemottet werden."

Das mache ich, denkt der grübelnde Leser. Aber vorher noch einen starken Kaffee…

Zwischenfall an einer Geburtstags- tafel

„So, so, Blümchenkaffee!!!, ich habe es deut-lich gehört! Helmut, die Familie die meinen Kaffee, in   meiner Wohnung, in meiner Straße, als Blümchen disqualifiziert, kann gehen."

„Elke, was ist denn los?"

Mutter Elke, ansonsten robust im Nehmen und noch robuster im Austeilen, ist tief ge-troffen. Aschfahl im Gesicht lehnt sie an der Stubentür und ringt nach Luft. Aus ihrer geblümten Kittelschürze droht das Muster heraus zu fallen, so wird sie von der geflüs-terten Nachricht, die sie wohl vernommen hat, durchgeschüttelt.

„Stell dir vor, diese angeblichen Genießer verschmähen   meinen   Kaffee.   Meeeinen Kaffeeee! Kommen hier her, schlagen sich den Wanst voll und meckern auch noch. Unerhört! Und die frisch gestärkte weiße Damasttischdecke haben sie auch noch be-kleckert. Wenn die da sind, ist immer alles bekleckert."

„Elke, alles was recht ist, ein bischen stärker könnte dein Kaffee sein. Ist doch Westkaffee, oder?" mischt sich Schwager Heinz ein.

„Heinz," zischt seine Frau ihn an „halt den Schnabel, du willst doch nicht die Wasserhahnarmatur in Gefahr bringen, die mit im Paket war?"

Elke steht Schaum vorm Mund. „Na, jetzt schlägt es doch glatt dem Faß den Boden aus. Nun hört sich doch alles auf." Sie kommt in Wallung und das ist nicht ihren Wechseljahren zuzuschreiben. „Mein Bohnenkaffee soll Blümchen sein, wo ich doch drei gehäufte Eßlöffel für eine Kanne nehme? Drei! Mit dem Silbernen. Und was ist mit meinem Mokka, den es immer noch zu später Stunde gibt? Auch Blümchen?"

„Ha, dass ich nicht lache! Dein Mokka ist kein Blümchen, das ist ein ganzer Strauß "Vergiß- mein nicht". Perlonkaffee, durchsichtig wie deine Strumpfhose, wenn du es genau wissen willst, durchsichtige Lurke." Das selbsternannte Gourmet Ehepaar, Genießer des heißen, schwarzen Getränks, schießt mit Spitzen zurück.

Das hat gesessen! Volltreffer! Aus Elkes Hand entgleitet die halbvolle Steingut- Kaffeekanne. Nachbar Krüger aus der zweiten Etage bekommt die „Harmonische Krönung" über das funkelnagelneue Hemd - erworben im HO Kaufhaus - als volle Dröhnung ausgegossen. Was Tassen sonst bereitwillig aufnehmen, macht sich nun als gefleckte Landkarte auf dem VEB „Schere und Schnitt" Textil immer breiter.

Lustiges Kontinenteraten ist die Folge. Mit fettigem Finger, da Schlagsahne vorhanden, wird erratenes Land eingekreist. Das volkseigene Herrenoberhemd, Kragenweite 40, ist nicht mehr das, was es war. „Putzlappen, als Putzlappen für Motorpflege am Sechshunderteiner Trabant ist es noch zu gebrauchen" schlägt Tischnachbarin Minchen mit Kennerblick vor.

Die Kaffeekanne, ein Geschenk von Oma Gerlach, wippt sich derweil als Scherbenhaufen zwischen geliebten Bienenstich und Pflaumenkuchen-Klassikern aus. Wertvolle Tischdeckenapplikationen saugen Ausgeschüttenes gierig auf, um dann gesättigt, schwarz und heiß, auf teure Auslegware zu tropfen.

Elke lehnt noch immer an der Küchentür und schwankt zwischen Ohnmacht und Atemnot.

Das Chaos ist perfekt, die vierundzwanzig-köpfige Tafelrunde ist in Aufruhr. Mit spitzer Zunge kreuzen giftige Bemerkungen quer die ehemals festliche ausgerichtete Tafel. Private Anschuldigungen, die schon lange schwelen, kommen nun ungehemmt zum Ausbruch.

„Es ist schon eigenartig, dass ihr einen Wartburg fahrt und wir schon über elf Jahre auf einen Trabant warten müssen. Habt wohl was rüberwachsen lassen? Zement? Es ist ja kein Geheimnis, dass ihr mit Zement schmiert." So ist von links zu hören. Am anderen Tafelende wirft man sich unlautere Urlaubsangebote vor. „Wie kann es sein, dass durch die Gewerkschaft vergebene Ungarnaufenthalte kein Problem für eure Familie darstellt, aber wir sollen unsere Ostsee Ferien in einem umgebauten Ziegenstall verbringen?"

Deutlich und nicht zu überhören ist die Anschuldigung zwischen Horst und Siglinde, ansonsten Parzellennachbarn im Schrebergarten „Gärtnerstolz", über das Ärgernis eines Gartenzwergs, der mit hinunter gelassener Hose seine Notdurft verrichtend, so scheint es zumindest, sein entblößtes Hinterteil Richtung Siglindes Tomatenstock zeigt. Eigenartigerweise sind die reifenden Tomaten auf der einen Seite, die Richtung Zwergenpopo zeigen, mehr errötet, als die abgewandte Seite. Komisch.

„Hast wohl Modell gestanden? Hast deinen Arsch zur Verfügung gestellt?" prustet Siglinde Horsts Brille an, durchsetzt mit magenfreundlich zermahlenem Bienenstich.

„Mein Hintern geht dir einen Feuchten an. Und dass du es weißt, der Gartenzwerg bekommt Nachwuchs. Einen, der dir einen Vogel zeigt"

„Wenn das die Genossen in der SED Kreisleitung spitz kriegen was hier los ist, bin ich meinen Posten los" jammert das „Rotkäppchen", so sein Spitzname.

„Na, da kannste dich in der Produktion bewähren" wirft eine rauchige Stimme ein. „Und wenn sie auch noch mit bekommen, das du die Lieder „Wenn das Wasser vom Rhein goldener Wein wär" am lautesten mitsingst, wo doch in unserem Bezirk die

Saale fließt, geschweige erst mit der „Donau so blau, so blau ..."

„Ruuuhe, Ruuuhe" brüllt Elkes Angetrauter. „Freunde, so geht das aber nicht! Wollen wir so auseinander gehen? Jeder von uns braucht doch jeden. Du profitierst von mir und ich von dir. So läuft das doch bei uns. Wir brauchen uns gemeinsam. Also, alles dumme Gequatsche ist somit Schnee von gestern. Es läßt sich alles regeln. So, jetzt gibt es ein Schnäpschen. Wer will, Hand hoch. Ah ja, alle, wie ich sehe. Was meinst du? Eierlikör? Ja, haben wir auch da, sogar im Schokowaffelmantel. Elke, mein holdes Wesen, beruhige dich. Du bekommst einen doppelten Korn und alle stoßen auf dein Wohl an. Frauen, Männer, ein Prosit auf Elke. Runter damit, Prost!"

Noch lange wurde gefeiert. Schwüre, sich zu bessern, umrunden die Tafel. Gesungen? Ja, gesungen wurde auch noch. Der Rhein wurde immer goldener und die Donau färbte sich bläulich ein, so wie die im Text sicherer Kaffeerunde.

„Aber das mein Kaffee Blümchen sein soll?" flüstert Elke noch im Traum.

Mein liebstes Kinderbuch

„Da bist du ja wieder, mein Freund vergangener Kindertage! Wie geht es dir? Erzählst du der Brunnenkröte immer noch die Geschichten, die wir gemeinsam erlebt haben?"

Ich halte mein altes Kinderbuch in den Händen. Es hat schon ein wenig gelitten. So sind die Ecken des Buchdeckels aufgestoßen und berichten von wissbegierigen Lesekindern. Die Seiten sind vergilbt, aber der Inhalt mit Zeichnungen spricht mit mir. Ich fühle mich in meine Kindheit zurückversetzt. Der Geruch und Zeitgeist jener Epoche wird wieder lebendig.

Auf dem Buchdeckel ist das Leben auf einem Bauernhof abgebildet. Eine rote Stallmauer, auf der der Titel *Schnurz* in schwarzer Schrift leuchtet, eine gefüllte Mistkarre, eine Gans, die ein kleines Männchen in die Luft pustet, und ein Hofhund, der dem Treiben zusieht. Auf dem Buchrücken stehen irgendwelche addierten Zahlen. Möglicherweise hat ein Bleistift den Einkauf von Quark, Butter und Milch festgehalten.

Mein liebstes Kinderbuch (neben den Hausmärchen der Gebrüder Grimm) ist 1953 im *Kinderbuchverlag Berlin* für Leser ab sieben Jahren erschienen. Es schildert Abenteuer, die mein daumengroßes Brunnenmännlein außerhalb seines Brunnens erlebt.

Das Buch beschreibt aber auch die Geschichte der Entstehung der DDR. Die Entwicklung und das Werben um diesen Staat. Es erzählt von Pionieren, von ehrlichen, fleißigen Menschen, von Disziplin in der Schule, vom Landleben – die Versorgung mit Lebensmitteln hatte Priorität –, dem unterschwelligen Werben für die Gründung von LPGs. Es weckte Interesse an Technik, an Spiel und Sport in der Gemeinschaft. Klubhäuser und Bibliotheken, alles unter einem Dach, so sollte die neu gegründete DDR aussehen. Eine Generation sollte nach sowjetischem Vorbild geformt werden. Das Buch war politisch ausgerichtet, pädagogisch in Frage zu stellen, aber für mich als neunjähriges Kind zählten nur die spannend geschrieben Abenteuer.

So erfährt Schnurz von einem Spatzen, dass Getreidekörner sich in Brot umwandeln, im

Radio sucht er die Musik und zerlegt das Gerät in Einzelteile, im Theater werden alle Hebel bedient und dabei dreht sich die Theaterbühne mit Beleuchter Krause in den Vordergrund, während er sein Butterbrot verspeist. Im Kaufhaus der Spielzeugabteilung legt sich der kleine Mann in eine Wiege, und das führt zu einem hysterischen Anfall einer Kundin. Oder die Geschichte mit dem Hofhund Blaff. „Weißt du eigentlich, welche Angst ich ausgestanden habe, als du ihm begegnet bist? Auch andere Geschichten, über die du berichtet hast, habe ich in ähnlicher Form erlebt. Denke nur an die Straßenbahn. Ich habe wie du große Augen gemacht, als ich zum ersten Mal eine Straßenbahn gesehen habe – groß wie ein Drachen. Du siehst, mein Freund vergangener Tage, ich habe nichts vergessen. Apropos *sehen*: Trägst du eine Brille? Ich schon seit geraumer Zeit. Von dir weiß ich auch: Um sauberes Trinkwasser sprudeln zu lassen, bedarf es viel Arbeit. Die Quelle muss geputzt, Steine müssen gesäubert und anderer Unrat muss entfernt werden."

Im Buch steht eine Widmung: Für Gisela, Weihnachten 1953. Nun weiß ich nicht, wann das Weihnachtsgeschenk in meinen

Besitz gekommen ist, und an eine Gisela kann ich mich auch nicht erinnern. Aber heute, nach sechs Jahrzehnten, sage ich dir: „Liebe Gisela, dein Buch habe ich mehrmals gelesen und erinnere mich gern an die einzelnen Abenteuer."

Ich lege mein altes Kinderbuch zur Seite und verabschiede mich von meinem Freund Schnurz. Er gab mir für meinen weiteren Weg die Erkenntnis mit: Im Leben braucht man Freunde und Freude!

Stimmt!

(LPG: Landwirtschaftliche Produktionsgenossenschaft)

Zitat

Von Ralph Waldo Emerson (amerikanischer Schriftsteller.1803-1882) ist folgendes Zitat überliefert:

> *>Schon oft hat das Lesen eines Buches, die Zukunft eines Menschen beeinflußt<*

Hat das Zitat auch heute noch seine Gültigkeit? Wenn ja, wo und bei wem? Wer kann lesen?

Wer darf nicht lesen?

Diese Frage läßt sich für mich so beantwortet:

In meiner Schulzeit war das erste wichtigste Buch die Fibel. Aus ihr heraus entstanden die ersten   Buchstaben, die ersten Wörter, der erste   Satz.   Ich   konnte   lesen! Und was habe ich gelesen? Zunächst Märchenbücher,   Kinderliteratur.   Eine   Geschichte empörte mich besonders. Es ist die Geschichte von „Pole Poppenspäler" (Theodor Storm), die michbeeinflußt hat. Ging es doch in ihr um die Ungerechtigkeit und die Gleichgültigkeit gegenüber   einem Puppenspieler und seinem Kasperl. So, wie die dort dargestellten bösen Kinder und Erwachsenen, wollte *ich* nicht werden!

Ja, Bücher können die Zukunft eines Menschen beeinflussen.

Sie können Leitplanken, Hilfestellungen, Ratschläge, Zitate sein. Aber man findet auch Bestätigung in dem, was man selber denkt und fühlt in ihnen.

Wenn Tschingis Aitmatow - in *Dshamilja* über die Liebe zu seiner Heimat, den Kornfeldern, den täglichen Mühen der einfachen Leute, über die „schönste Liebesgeschichte der Welt", wie Louis Aragon vermerkt schreibt, so fühle ich mich innerlich verbunden.

Auch ein Zitat von Berthold Brecht ist, nicht nur für mich, anwendbar:

Und nicht über und nicht unter

Andren Völkern wolln wir sein

Von der See bis zu den Alpen

Von der Oder bis zum Rhein

Hier ist alles gesagt. Unsere dunkle Vergangenheit ist treffend geschildert!

Auch in dieser grauenhaften Zeit half der Glaube, halfen Bücher von Thomas Mann und anderen, das humane Denken nicht aufzugeben, mit der Verpflichtung: Baut eine bessere Zukunft!

Für ein vierzehnjähriges Mädchen aus Pakistan hat sich die bessere Zukunft nicht erfüllt. Wie kann man diese Meldung verstehen, dass ihr in den Kopf geschossen wurde? Weil sie nach Bildung, nach Büchern verlangte? Was haben diese Täter im Kopf? Das Mädchen Malala sagte kurze Zeit vorher: „Ich weiß, wie wichtig Bildung ist, denn mir wurden meine Bücher und Stifte mit Gewalt weggenommen. Das war der schlimmste Punkt in meinem Leben!"

Gibt es noch etwas, was für mich die Zukunft beeinflußt? Was in Büchern festgehalten werden sollte? Ja, die zehn Gebote sollten um eines erweitert werden, das da lautet:

„Du sollst, zumindest am Wochenende, dein Handy ausschalten!"

Hat sich so meine Zukunft gestaltet?

Ja! Auch unter anderem. Und durch Bücher. Ein selbstständiges Denken wurde gefördert. Gut und Böse lernte ich zu unterscheiden. Verstand noch besser die Naturgesetze. Zusammenhänge konnten besser erkannt werden. Obwohl alles ein Lernprozess ist, so muß ich zugeben, dass der Fleiß auch noch eine Schwester hat - die Faulheit.

Aber das ist ein anderes Kapitel.

P.S.

Noch ein Satz unter Brüdern und Schwestern. Gelegentlich empfiehlt es sich, ein besonderes Buch zu Rate zu ziehen: ein Kochbuch!

Und warum? Damit es in der Bratröhre zu keiner Verwechselung zwischen dem „Falschen Hasen" und dem „Falschen Fuffziger" kommt!

Reaktion auf einen Brief

Alt ist der Brief, 29 Jahre alt. Geschrieben 1988. Geschrieben von mir aus Anlass zum Geburtstag eines Freundes, wobei Brief nicht die richtige Wortwahl ist. Zutreffender müsste es lauten: Laudatio an einen Lehrer – der obendrein noch zum Studienrat befördert wurde – zu seinem Sechzigsten. Ein Abriss seines bisherigen Lebens.

Auffallend sind die verschiedenen Wortfindungen, die dieser Zeit geschuldet sind. Und ja, damals war schon klar: Irgendwas wird sich politisch ändern, muss sich ändern. In welche Richtung, das konnte niemand ahnen, geschweige denn wissen. Doch alle an der geladenen Geburtstagstafel wussten, der Arbeiter- und Bauernstaat taumelte dem entscheidenden Knockout entgegen, um es in der Boxersprache auszudrücken – egal, ob manche in der Runde es wahrhaben wollten oder nicht.

Die DDR pfiff schon auf dem letzten Loch, eine finanzielle Atemmaske aus dem Bruderland blieb aus, die Sowjetunion humpelte selbst dem Abgrund entgegen.

Mit diesen Gedanken von damals und meiner Rückschau von heute, ausgelöst durch den Brief, fällt mir auf, was ich als Schüler gelernt habe und was sich nicht erfüllt hat.

Da kommt mir meine „erste" Nationalhymne in den Sinn. Konnte ich mich mit ihr identifizieren? Aber sicher! „Auferstanden aus Ruinen und der Zukunft zugewandt, lass uns dir zum Guten dienen, Deutschland, einig Vaterland."

Als Nachkriegskind, später im Bewusstsein der Jugend, waren Hoffnungen, Überzeugungen, Botschaften daran geknüpft. Träume kamen in ihr zum Ausdruck.

Wie bitter war doch die Realität. Mein subjektives Empfinden täuschte nicht darüber hinweg, dass wir Ruinen produzierten. Viele, sehr viele Städte, Dörfer, Fabriken, landwirtschaftliche Betriebe waren in desolatem Zustand.

„…und der Zukunft zugewandt"? Welcher Zukunft? Schlange stehen für einen Kopf grünen Salat? Mangelware beim alltäglichen Bedarf? Ein Sack Zement auf Bezugsschein? Antragsüberprüfungen, um ins sozialistische Ausland zu kommen? Waren unter dem Ladentisch, die nur wenige kaufen konnten? Erwerb mit Westgeld?

„…zum Guten dienen“? Natürlich wollten alle zum Guten dienen, doch der Zug fuhr in eine andere Richtung. Einige wenige, die sich für die Auserwählten hielten, waren nicht an der Mitbestimmung des Volkes interessiert.

„…Deutschland, einig Vaterland“ – da wurde lange geknobelt, wie das Wort Deutschland aus der Hymne entfernt werden könnte. Das ging ja nun gar nicht, zwei mal Deutschland, Ost und West. Die Lösung, Politbüro genial: Ab sofort ist kein Text mehr erwünscht. Höchstens betretenes Summen.

Mit solchen Überlegungen lege ich den Brief zur Seite.

Als ich in Schottland war

„Als ich in Schottland war..." hörte ich ein Mädchen sagen. Ihr etwa gleichaltriger Begleiter schien davon wenig beeindruckt. Beide Schüler, ausgerüstet mit obligatorischem Rucksack und unzähligen Reißverschlüssen. Moderne, farbige Markenturnschuhe, zerrissene Jeans, T-Shirts, - der Wärme des Sommers geschuldet -, mit fantasiereichen Abbildungen und Botschaften kennzeichneten das auf neudeutsch: Outfit. Das Mädchen trug Pferdeschwanz, ihr Begleiter längere Haare als Nestgebilde auf dem Kopf verknotet. Smartphones in den Händen - versteht sich von selbst und um den Hals baumelten Kopfhörerstöpsel. Beide schätzte ich auf 12 Jahre.

Beeindruckend, was doch für Möglichkeiten bestehen, wenn hierzulande Eltern mit Kind und Kegel fremde Länder bereisen können. Alles scheint wie selbstverständlich. Ohne auszublenden, daß das Reisebudget nicht für alle Familien reicht. Tja, und so sah ich den beiden mit meinen unfreiwilligen Schottlandwissen hinterher.

148

Wie war es eigentlich damals bei meinen Mitschülern, bei mir, 1957, als wir 12Jahre waren?

Der Kalte Krieg ist allgegenwärtig. Ideologische Härte, die Auseinandersetzung mit dem Klassenfeind im Arbeiter und Bauernstaat wird vorangetrieben. Abgrenzung gegenüber der Bundesrepublik wird in Ton und Wort schärfer.

Schottland ist für mich, für uns kein Thema, es liegt halt irgendwo ungenau bei England auf einer Insel. Und da spielt man mit so komischen Luftsäcken Musik. Dafür zeigen große aufgerollte Landkarten im Erdkundeunterricht gut sichtbare, deutlich hervorgehobene Bruderländer, in erster Linie voran die ruhmreiche Sowjetunion. Von Schulwänden lächeln Bildporträts von Ulbricht und Grotewohl, sie tragen aber auch nicht zu Notenverbesserungen bei. Neuerdings zeugen an kahler Wand Bildabdrücke von einem Verbannten. Wer? Väterchen Stalin! Gestern war er noch da, heute steht er auf dem Schulboden in der hintersten Ecke. Geschichte wird umgeschrieben!

Schottland, Urlaub oder Reisen? Gar nach Italien, wenn bei Capri die Sonne im Meer versinkt?

Von wegen! Tages Auslandsbesuch in der fernen Kreisstadt mit Mutter und Vater wegen irgendwelchen, behördlichen Krimskrams. Auch, so hatte man das Gefühl, das in dieser Zeit viele Eltern nicht von Tisch und Herd fort zu bewegen waren. Steckte womöglich wieder Angst vor Verlust von Hab und Gut? Sicher unbegründet!

Wir Schüler kümmerten uns jedenfalls nicht um die große Weltpolitik, kümmerten uns dafür umso mehr für den Empfang westliche Radiosender. Wegen der Musik, bei der die Beine im Takt sich automatisch bewegten. Große Reisen gingen entweder ins Nachbardorf, oder zur Verwandtschaft, oder ein Klassenausflug mit der Bahn ins Rosarium nach Sangerhausen. Das waren große Erlebnisse, große Ereignisse!

Und wie hat Mädchen und Junge in dieser Zeit ausgesehen?

Mädchen hatte Ballerina an, geblümten Rock, weiße Bluse, Haare zum Pferdeschwanz gebunden, in der einen Hand die

Aktentasche, gefüllt mit höchst ungerecht erteilten, gepfefferten Noten. Die andere Hand kreiselt gestenreich Erklärungen, was der Lehrer alles falsch macht.

Jungen trugen Kunststofflatschen, auch Jesuslatschen genannt, kurze Lederhosen mit Hosenträgern – Querspange vor der Brust mit röhrendem Hirsch, aus echtem Horn. Turnhemden gern in Blau gehalten - dem warmen Sommer sei Dank, Haare gescheitelt und mit Klemme und Spucke windsicher festgehalten. Eine Hand transportiert die braune Einfach Lederaktentasche mit 5er Zensur in der Mathematikarbeit, die andere zeigt an, was daheim zu erwarten ist.

In diesem Moment wäre ich lieber in Schottland!

Idole und Helden

Wie sehen Idole aus? Weiblich, männlich? Vorbilder, Leitfiguren, Stars? Sind sie zeitlos? Gibt es mehr Idole als Helden oder umgekehrt?

Ja, es gibt sie und gab sie schon immer. Und ich bin sicher: Manche Idole verblassen mit der Zeit; Helden hingegen haben einen längeren Atem.

Und wie sahen die Idole, die Helden meiner Kindheit und Jugend aus? Welche gab es im Land der Arbeiter und Bauern? Welche von ihnen haben mich begleitet?

Da war zunächst meine Familie. Nicht als Idole oder Helden, sondern einfach als Familie. Hier war Wärme, Geborgenheit, ein Nest, liebevoll geflochten. Auch wenn sich Mutter und Vater an der einen oder anderen Stelle durchaus als Helden oder Idole eigneten. Wenn ich daran denke, wie meine Mutter eine unhöfliche Frau in den Senkel stellte, als diese Person meinte, dass Flüchtlinge sich beim Bäcker nicht vordrängeln dürfen. Na, da wuchs ich Knirps um mindesten zehn Zentimeter. „Ich empfehle

Ihnen dringend, Geschichte nachzuholen, dann wüssten Sie mehr! Und übrigens ist Ihre Bluse verkehrt herum geknöpft, und schmutzig ist sie auch." Zack, Volltreffer.

Oder mein Vater. Er war sehr krank. Steinstaublunge. Kann man sagen, dass er seine Krankheit heldenhaft angenommen hat? Ich konnte ihn nie danach befragen. Zu früh folgte er seinen Vorfahren.

Väterchen Stalin war ein Held, bis zu dem Tag, an dem sein Porträt im Papierkorb des Klassenraums landete. Neue Bilder zierten ab sofort die Klassenräume. Das eine lächelte uns unter dem Namen Ulbricht, SED-Chef, Generalsekretär, erster Vorsitzender und weiß der Himmel was nicht noch alles an. Ein anderes trug den Namen des FDJ-Vorsitzenden: Honecker. Er wollte und sollte die Jugend begeistern, versprach das schmunzelnde Schwarzweißfoto.

Auch diese Herren verschwanden später im Papierkorb der Geschichte. Als Kind konnte ich es nicht verstanden, aber ich lernte schon damals, dass die Idole von heute schon morgen ausgewechselt werden können. Also Vorsicht vor verordneten Idolen!

Andere Idole gingen mehr mit der Zeit. Die mit den Schmalzlocken und der herrlich verrückten Musik, der unerwünschten Musik. Und es tanzte sich auch noch gut nach dieser Musik! Diese Idole trugen Jeanshosen und Ringelsöckchen, aber auch Petticoats – und ja, auch das war herrlich verrückt. Wir, die Jugend, liebten diese Idole. Sehr zum Ärger von dem einem, der „niemals" eine Mauer bauen wollte, und dem anderen, der verkündete: „Den Sozialismus in seinem Lauf halten weder Ochs noch Esel auf!"

Und dann waren da noch Helmut Recknagel, der Skispringer, oder Täve Schur, der Pedalritter – diesen Sportlern wollte ich, wollten wir Kinder nacheifern. Und es gab noch viel mehr Beispiele in der Kinder- und Jugendzeit.

Gibt es heute noch Idole und Helden? Ja, es gibt sie. Es sind all diejenigen, die das Rad zum Wohle aller drehen. Von A bis Z. Vom Arzt bis hin zum Zimmermann.

Ich sah meine Helden und Idole mehr als Leitfiguren. Es waren Schriftsteller und Dichter, die mich begleiteten. Zuerst die Gebrüder Grimm mit dem tapferen

154

Schneiderlein. Der musste ja ein Held sein. Wer sieben auf einen Streich erledigt, dem möchte schließlich keiner begegnen. Dann Mark Twain, Storm, Schiller bis hin zu Aitmatow.

Und ja, es soll ja sogar einen gegeben haben, der einen Osterspaziergang dazu benutzt hat, seine Eindrücke in einem Gedicht der Nachwelt zu hinterlassen. Man stelle sich das mal vor! Ohne zu fragen!

Auch Frau Liebermann, die Sportlehrerin, war eine Heldin. Sie tröstete Larissa, die Erstklässlerin, die bitterlich weinte. Der Grund war, Larissa lächelte Lena, an und Lena hat ihr Lächeln nicht erwidert, ist einfach weg gerannt. Frau Liebermann klärte auf. „Du weißt doch, im Sport ist es manchmal besser, wenn die Brille nicht auf der Nase tanzt. Lena konnte dich nicht sehen, wie du sie angelächelt hast." Aha, so war das. Daraufhin war die Welt wieder in Ordnung.

 Aber es gibt auch viele unbekannte Helden. Helden, die im Stillen, heimlich und unter Lebensgefahr Menschen vor Verfolgung, Vernichtung und Folter retten, ihnen Schutz vor sinnloser Gewalt bieten. Diese

Helden gab und gibt es zu allen Zeiten. Ihnen allen gebührt ein Platz im Himmel, eine Verneigung und Dank. Es sind die Namenlosen, die das Licht der Hoffnung nicht erlöschen lassen.

Und ist Pastor Holmer nicht auch ein Held, der der Familie Honecker, dem Idol und fürsorglichen Staatsmann der untergegangenen DDR, Unterkunft gewährte? In einem Pfarrhaus? Während bei achtzehn Millionen Menschen die Herberge verschlossen war? Wo waren die treuen, teuren Mitstreiter und Genossen, die sich im Glanze Honeckers gesonnt hatten? Hatte nicht Familie Holmer Grund genug, ihnen die Tür vor der Nase zuzuschlagen? Es waren die Honeckers, die die Kirche als Überflüssiges betrachteten und im konkreten Fall den Holmer- Kindern wie vielen anderen auch ein Studium erschwerten. Der Familie Holmer, insbesondere dem Pastor, gebührt Anerkennung für so ein souveränes, heldenhaftes Verhalten. Der Ausgang der Geschichte ist bekannt.

Kalter Krieg

Weiße Kondensstreifen kreuzen den tief-
blauen Himmel. Flugzeuge hinterlassen
Spuren in eisiger Höhe. Wo fliegen sie hin?
Wer und was wird transportiert? Reisende,
die ferne Länder erkunden wollen? Werden
exotische Früchte, Textilien, gar Blumen für
unsere Warenhäuser pünktlich und termin-
gerecht eingeflogen? Oder wird Kriegsge-
rät in Länder geliefert, die am Hungertuch
nagen? Aber nicht nur dorthin! Auch reiche
Staaten werden sich so ein nettes kleines
Bömbchen doch wohl noch leisten dürfen.
Oder etwa nicht?

1989 atmete die Welt auf, als der Eiserne
Vorhang fiel. Endlich kehrt Vernunft ein,
dachte die Weltgemeinschaft, dachte auch
ich. Falsch gedacht! Die Hoffnung „Abrüs-
tung" wurde für „Aufrüstung" neu beschrieben. Stählerne Kriegsfalken wollen
Beute schlagen. Überall. Schade, die
Chance ist vorbei. Sie wurde regelrecht vermasselt!

Lebenslinien kreuzen die Handinnenflä-
chen. Daumenfurchen, Handlinien hinter-

lassen die Spuren täglicher Arbeit. Wenn in diesen Linien vom friedlichen Schaffen aller zu lesen ist, dann kann endlich das Feld des Friedens bestellt werden.

Zeitfracht Medien GmbH
Ferdinand-Jühlke-Straße 7
99095 Erfurt, Deutschland
produktsicherheit@kolibri360.de